史上最強の大魔王、
村人Aに転生する 異伝

■学園
ヴェロニカ
ネメシス
カーミラ

アード
ルミ
ラミ

■私室
イリーナ

史上最強の大魔王、村人Aに転生する異伝

村人Aの華麗なる日々

下等妙人

ファンタジア文庫

2927

口絵・本文イラスト　水野早桜

CONTENTS

The Greatest Maou Is Reborned To Get Friends iden

Presented by Myojin Katou
and Sao Mizuno

悪であることを憂いてはならない
それが誰がための正義であるならば

魔王救紀行

英卑逆転

よほどの小国でなければ、どのような国にも辺境というものがある。

往々にして、そうした場所は奇々怪々《ききかいかい》な空気が流れやすく……

ラーヴィル魔導帝国《まどうていこく》南部、エヴァーグレイス地方もまた、そうした辺境の一つであった。

この一帯は常時、不気味な霧《きり》に覆《おお》われており、原因は定かでないが、妙《みょう》に魔物の生息数が多い。

ゆえにこのエヴァーグレイスは、普遍《ふへん》的な人間からすれば近寄りがたい場所として知られている。だがその一方で、冒険《ぼうけん》者にとっては稼《かせ》ぎ場の一つであった。

そうした事情もあり、このエヴァーグレイスには多くの冒険者が足を運ぶ。

……ということは、即《すなわ》ち。

多くの犠牲者《ぎせいしゃ》が出るということでもある。

彼等もまた、今まさに、その一例へ加わらんとしていた。

「くそ、がぁあああああああああッッ！」

「なんで、こんなことにッ……！」

「も、もう魔力がもたねぇッ！」

ある程度経験を積み、自信を付けた冒険者は、己《おのれ》を狩《か》る側だと定義する。

自分が狩られる側になることなど、考えもしない。

だから、多くの冒険者はしっぺ返しを食らい……時には、全《すべ》てを失う。

「い、嫌《いや》だ……！　死にたく、ねぇ……！　俺には、妻と娘《むすめ》が……！」

目前には、腹を空《す》かせた魔物の大軍。

状況《じようきよう》は絶望的。どう足掻《あが》いても、結果は一つ。

自分達は、死ぬ。それが定めであると、彼等自身も諦《あきら》めた、その矢先だった。

「お困りのご様子ですね」

瞬間《しゆんかん》——爆裂《ばくれつ》。

濃密《のうみつ》な霧に覆われた空間の中に、美麗《びれい》な声が響《ひび》き渡《わた》った。

冒険者達を取り囲んでいた無数の魔物が、閃光《せんこう》と灼熱《しやくねつ》に覆われ、その身を焦《こ》がす。

一瞬の出来事であった。ほんの一瞬にして、あの恐《おそ》ろしい化物の軍勢は、地に転がる炭へと変じたのである。

何が起きたのか、理解できない。誰《だれ》もが動揺《どうよう》を隠《かく》せぬ中。

「危ないところでしたね」

美声が飛んでからすぐ、霧の中から、一組の少年少女が現れた。

いずれも見目麗《みめうるわ》しい。少女の方はエルフゆえ、その美貌《びぼう》も当然のことだが……

片や、少年の方はどうだ。おそらくはヒューマンであるにもかかわらず、見た者を虜《とりこ》にするような魔性《ましょう》を秘めている。

そんな少年に皆《みな》が圧倒《あっとう》される中……視線を一身に受けし当人が、口を開く。

「我々はネフィリムの村へ向かっている最中、なのですが。この道をまっすぐ行けば到《とう》着《ちゃく》するという考えで、よろしいでしょうか？」

問いに対し、冒険者の一人がおずおずと頷《うなず》いて、

「あ、あんたらいったい、何者だ？」

「名乗るほどの者ではございません」

微笑《びしょう》を浮《う》かべると、少年は優雅《ゆうが》に一礼し、去って行く。

その隣《となり》を、可憐《かれん》な少女が軽《かろ》やかな足取りで歩く。

そうした二人の背中を見つめながら、冒険者の一人がポツリと声を漏《も》らした。

「あいつら……もしかして、あの大英雄《えいゆう》の子供なんじゃねぇか……!?」

「だ、大英雄の子供っていやぁ、確か」

「アードとイリーナ、だっけか？」

「噂《うわさ》じゃあ、どこぞの国を救ったとか、狂龍王《きょうりゅうおう》を討伐《とうばつ》したとか……」

もしかすると、自分達はとんでもない人物に出くわしたのかもしれない。

そう思うと、皆、興奮を隠せなかった。しかし、中には比較的《ひかくてき》冷静な者もいて、

「けどよ、あいつらが大英雄の子供だったとして、なんでこんな辺境にいるんだよ？　あいつら学生さんだろ？　あの名門校の」

「……これも噂だが、あいつら、《女王の影《かげ》》って組織に身を置いてるらしい」

《女王の影》。それは名の通り、女王の勅命《ちょくめい》により動く、秘密組織の通称《つうしょう》である。

とはいえ、これは一種の都市伝説の類《たぐ》いでしかない。認知度《にんちど》は低く、その名を知る者であっても、この組織の実在を信じる者は少なかった。

しかし。

「名門校の生徒が、課外学習でねぇのにこんな辺境に来るなんて……それしかねぇよな」

「普段は学生で、裏の顔は《女王の影》、か」

「あの村に、どんな仕事で行くのかは知らねぇが……」

「なんにせよ、もう二度と関《かか》わることもねぇんだろうな。あの二人とは」

もしかすると、歴史に名を残すやも知れぬ二人。

冒険者達は、アードとイリーナの姿が霧の中に消えるまで、ずっと背中を見つめ続けたのだった。

◇◆◇

ネフィリムの村。

霧に覆われし辺境にて、旧《ふる》い時代から存続してきた歴史ある村。

彼等が居を構える土地には、ある曰《いわ》くがあり……

それがおぞましい因習を作った。

村の長《おさ》、オルランド氏の邸宅《ていたく》。その地下では、今日もまた、その因習の一環《いっかん》が行われている。

「う、うぅ……！」

「ハハッ。痛そうだねぇ。実に結構なことだ。じゃあ次は……肩《かた》の肉を抉《えぐ》ってやろう」

蠟燭《ろうそく》の光に照らされた、石造りの薄暗《うすぐら》い空間に、男女の声が響く。

男のそれは、下卑《げび》ていた。その醜悪《しゅうあく》な面貌《めんぼう》に似合う声音《こわね》は僅《わず》かにうわずっており、自らの行いに酔《よ》いしれているかのようだった。

拷問《ごうもん》である。男は目前にて、無抵抗《むていこう》の少女を拷問しているのだ。

「ふ、く、くくくっ……！　妹よ、これは大事な大事な、儀式《ぎしき》の一環なんだからな。兄ちゃんは別に、お前を痛めつけるのが好きってわけじゃ、ないんだからな？」

言葉に反して、醜悪な男……村長の子息、ベスパの目にはやはり、狂気《きょうき》が宿っている。

その手に持つ鞭《むち》を振《ふ》るう力に、加減などというものはない。目前のいたいけな少女……妹であるカーミラを打ち据《す》えるたび、彼の口からは下卑た笑い声が漏れる。

「これは名誉《めいよ》なことなんだぞぉ、カーミラ。兄ちゃんは、お前が羨《うらや》ましくて仕方ないよ」

その白い肌《はだ》から血を流す少女、カーミラは、ただただ無抵抗に状況を受け入れるのみ。

そう……ペンチに似た拷問器具で肉を捻《ひね》り切られようとも、その瞳《ひとみ》に恐怖《きょうふ》や絶望など皆《かい》無《む》だった。

むしろ、この状況に誇《ほこ》りを感じてさえいる。そんな様子であった。

それからもしばらく、ベスパは少女の肉を千切り続けたが、やがてその手を止めて。

「さぁ～て。次は何を使おうかなぁ」

すぐ横を見るベスパ。その視線の先、地下室の壁面《へきめん》には、夥《おびただ》しい数の拷問器具が張り付けられている。彼はニタニタと笑いながら、それらを吟味《ぎんみ》して……

「よし、これにしよう」

長針であった。ベスパはそれを持ち、カーミラへ近寄ると、彼女のたおやかな手を掴《つか》み、

「すっごく痛いだろうけど、頑張《がんば》って耐《た》えるんだぞぉ？」

「はい……お兄様……」

そして、ベスパが手に握《にぎ》る長針が、カーミラの爪《つめ》へと伸《の》びる……その最中。

「随分《ずいぶん》と、悪趣味《あくしゅみ》ですね」

突如《とつじょ》として、第三者の声が室内に広がった。

「ふぁ？　いったい誰──」

声の方を向こうとするベスパだが、それよりも前に。

「なぁぁぁにやってんのよぉおおおおおおおおおおおおおッ！」

怒気《どき》に満ち満ちた大絶叫《ぜっきょう》と共に、ドタドタと荒々《あらあら》しい足音が鳴り響く。

そして次の瞬間、ベスパの顔面が何者かの足によって潰《つぶ》され、そのまま彼の肥満した図《ず》体《たい》は何メリルも先へと吹《ふ》っ飛んでいった。

それから。ベスパの顔面へ飛び蹴《げ》りを食らわせた張本人……イリーナは、傷ついた少女、カーミラへと近寄り、

「大丈夫《だいじょうぶ》っ⁉　い、痛いわよねっ⁉　でも安心して！　こんな傷、アードがすぐ治して──」

「……魔……ないで……ください……」

「えっ？」

俯《うつむ》くカーミラに、イリーナは怪訝《けげん》な顔で首を傾《かし》げた。

その後すぐ。カーミラはゆっくりと顔を上げて、イリーナをジッと見据《みす》えながら、

「邪魔《じゃま》を、しないでください……！」

心の底から迷惑《めいわく》だと、そう言わんばかりの顔で、カーミラは言葉を紡《つむ》ぎ続けた。

「わたし達は……亡《な》き《魔《ま》王《おう》》様の御《ご》遺志を、継《つ》いでいるんです……！　おぞましい《邪《じゃ》神《しん》》共から、世界を守る……！　そんな使命を与《あた》えられた……いわば、天使なんです……！　だから、わたし達の仕事を、邪魔しないでください……！」

鬼気迫《ききせま》る形相のカーミラに、イリーナは当惑《とうわく》するのだが、一方で、アードは冷静さを保ったまま、

「事前にお話ししたでしょう？　この状況は彼等にとって旧くから続く因習であり……大変名誉なことであると、信じ込まされている」

アードは滔々《とうとう》と、村に関する情報を語り始めた。

「このネフィリムの村はかつて、《魔王》陛下が《邪神》を封印《ふういん》なさった土地にある。そんな地に住まう彼等は、一定周期で生《い》け贄《にえ》の儀式を行う。村長……オルランド氏の一族から一人を生け贄とし、《邪神》を封印している魔法の効力を高めている。そうしなければ、《邪神》が復活してしまうと信じて……」

話し終えると、アードはため息を吐《つ》き、

「大方は理解できるのですが、拷問になんの意味があるのです?」

この問いは、ベスパに向けられたものだった。

彼はイリーナに蹴られた顔がまだ痛むのか、尻餅《しりもち》をついたまま顔面をさすり、唸《うな》っている。質問に答えようとする気配はない。

だからか、代わりにカーミラが、細い声で返答をよこした。

「お父様に、教わりました……毎日、痛い思いをすれば……生け贄の質が上がる、と」

「ほう? それはそれは。…………呪法《じゅほう》の一つか。これはもう、半ば確定だな」

最後の呟《つぶや》きはあまりに小声であったため、誰の耳にも届かなかった。

とはいえ、どのような内容であれ、カーミラは興味を抱《いだ》かなかったことだろう。

彼女の中には、一つの目的意識以外、何もないのだから。

「わたし達は、世界を守っているのです。その使命を、担《にな》っているのです。邪魔を、しないでください」

「そ、そうだそうだッ!」

先程《さきほど》と同じ台詞《せりふ》を繰《く》り返すカーミラに、ようやっと唸ることをやめたベスパが同調する。

「さ、さっさと出てけよ、お前等ッ!」

「あぁんッ⁉」

イリーナが凄《すご》んで見せると、ベスパは途端《とたん》に縮こまり、

「ひぃっ⁉　な、なんなんだよぉ⁉　お前等はぁ⁉　そ、そもそも、なんでここに入ってこれるんだぁ⁉　パ、パパが許さないはずだぞぉ⁉」

怯《おび》えた様子で叫《さけ》ぶベスパに、アードが涼《すず》やかな顔で答えた。

「私はアード・メテオール。こちらのレディーはイリーナ・オールハイド、男爵令嬢《だんしやくれいじよう》。我々は普段《ふだん》、学生として王都で生活しているのですが……厄介《やつかい》なことに、時たま女王から勅命が下ることがありましてね。今回もまた、そうした事情があってこちらへと参った次第《しだい》」

「じょ、女王の勅命……⁉　き、聞いてないぞ、そんなの！」

「貴方《あなた》は知らずとも、貴方のお父上はご存じです。儀式が行われるまで、我々は村に滞在《たいざい》し、その活動は全《すべ》てが自由。これは村長である貴方のお父上も了承《りようしよう》しております」

「う、うううう……！　で、でも！　僕達の邪魔をしていいなんて、パパは言ってないだろぉ⁉　こ、これは、儀式の一環なんだからなぁ！」

「……まぁ、それは確かにそうですが」

眉《まゆ》をひそめたアードに、ベスパは追撃《ついげき》の言葉を放つ。

「じゃあ出てけよ！　邪魔なんだよ、お前等！　そこの凶暴《きようぼう》女を連れて、さっさと──」

みまたもや顔面を蹴り飛ばされ、大量の鼻血を噴出《ふんしゅつ》するベスパ。

「誰《だれ》が凶暴女よっ！」

地面に倒《たお》れ込んだ彼へ、なおも蹴りを放とうとするイリーナだが、その肩をアードが掴み、

「おやめなさい、イリーナさん。彼の言う通り、我々は邪魔者です。出て行きましょう」

「で、でもっ……！」

口をもごつかせながら、イリーナはカーミラを見た。けれども、彼女がイリーナの求める言葉を吐《は》くことはなく、むしろキッと睨《ね》めつけてくる。

この反応にイリーナはしゅんと俯いて、黙《もく》したまま、アードと共に部屋から出て行った。

そして。

「ふぅ、ふぅ。さ、さぁ、続きをやろうか」

「はい……お兄様……」

地下の一室に、再び、目を背《そむ》けたくなるような光景が広がるのだった——

◇◆◇

薄暗い地下の廊下《ろうか》。

扉《とびら》の向こうから、醜悪な男の楽しげな声と、少女の苦悶《くもん》が聞こえる。

「……っ！　こんなの、あんまりよ……！」

イリーナは拳《こぶし》を強く握り締《し》めながら、歯噛《はが》みする。その大きな瞳にはじんわりと涙《なみだ》が浮《う》かび、現状への無念さがありありと見て取れた。

純真無垢《むく》にして、人一倍正義感が強い彼女には、この村の因習は受け入れがたいものであろう。

「……ですから、今回はご同行なさらぬ方が、と申したのです」

アードの言葉に、イリーナはなんの応答も返さなかった。

しかし、やがて彼女は縋《すが》るような視線をアードへ向けて、

「なんとか、ならないの……？」

状況《じょうきょう》を変えてほしい。

あの、哀《あわ》れな少女を救ってほしい。

そんな、切なる願いに、アード・メテオールは微笑と共に断言した。

「イリーナさん。私はね、そのためにここへ足を運んだのですよ」

生け贄という大役を担う者に与えられし責務。苦痛の享受《きょうじゅ》を終えて。

◇◆◇

「今日もお勤め、ご苦労だったね。じゃ、また明日」

ニタニタ笑いながら、腹違《はらちが》いの兄、ベスパが地下室を出て行く。

それから入れ替《か》わるように、侍女《じじょ》達が入ってきた。

皆《みな》、小箱を抱《かか》えている。中身は包帯やポーションなど、治療用《ちりょう》の道具である。

「お手当ていたします、カーミラ様」

「うん……いつも、ありがとう、ね……」

傷にポーションをかけられ、包帯を巻かれる。この瞬間《しゅんかん》もまた、激烈《げきれつ》な痛みを伴《ともな》う。

だが、これもまた生け贄としての崇高《すうこう》な義務だと、カーミラは理解していた。

治療を終えると、侍女にエスコートされるような形で、自室へ戻《もど》る。

彼女は日々拷問《ごうもん》を受ける身であるが、決して身分が低いわけではない。むしろ村でもっとも重大な存在として、普段は大切に扱《あつか》われている。

そんな彼女の室内は村長たるゲルマン・オルランドの部屋よりも広く、豪奢《ごうしゃ》な造りだった。
望もうが望むまいが、生け贄となってから、カーミラにはあらゆるものが与えられた。
彼女はそれを、家族愛だと考えている。
父も兄も、自分のことを愛してくれているのだと、そう思っている。
だから、辛《つら》くなどなかった。
だから、日々享受する常軌《じょうき》を逸《いっ》した苦痛も、誇《ほこ》らしいものだと考えることができる。
「……ふぅ」
ベッドに倒れ込み、その心地《ここち》よい柔《やわ》らかさに息を唸らせる。
「あと、三日」
儀式《ぎしき》までの、残り時間である。
三日後、カーミラは生け贄としての大役を全うするのだ。
世界を守る。そのための礎《いしずえ》として、この命を捧《ささ》げる。
だが、それは死ではない。むしろ、始まりだ。
「もうすぐ……もうすぐ、お母さんに会える……」
うっとりと、夢見る乙女《おとめ》の如《ごと》く頬《ほお》を染めて、カーミラは呟いた。
その直後。

「母君に、会える？」

前触《まえぶ》れなく、室内に声が広がった。

そちらへ目をやると……確か、アード・メテオールだったか。そんな名前の少年が、スラリと姿勢よく立っていた。

その立ち姿は美しい容姿も相まって、さながら貴公子のよう。

カーミラとて乙女である。美形には弱い。だから、室内によく知らぬ男子がいるにもかかわらず、人を呼ぼうとはしなかった。

「……神出鬼没《しんしゅつきぼつ》、ね。あなた」

何気なく述べた言葉に、アード・メテオールは何も返さない。

代わりに、先程、己《おのれ》が口にした内容を繰り返す。

「母君に会えるとは、どういうことですか？」

それはきっと、見ず知らずの少年に話すようなことではないのだろう。

だが、アード・メテオールという人間はどうにも不思議で……

問いかけに答えねばという感情が湧《わ》いてくる。

（これが、恋《こい》？）

いや、それはどこか、違う気がする。

……なんにせよ、カーミラは口を開いた。

「わたしのお母さんも……生《い》け贄《にえ》にされたの……」

「存じております。オルランド氏の第三夫人ですね？　貴女《あなた》をお産みになられてから、すぐに身を捧げられたとの話ですが」

「うん……お母さんとは、あまり一緒《いつしよ》にいられなかったけど……でも、大好き」

この言葉だけならば、あるいは美談に思えるかもしれない。

だが、次に紡《つむ》がれた言葉が、聞く者を狂気《きようき》の世界へ連れ込んでいく。

「だからね……わたし、早く身を捧げたいの……そうすれば、お母さんにまた会えるから……生け贄になった人はね、封印《ふういん》の中で永遠に、幸せな暮らしができるの……ふふ、楽しみだなぁ……お母さんと、どんなことを話そうかな……どんなことを、しようかな……」

全ては、父ゲルマンに教えられたことだった。

生け贄となることは、至上の名誉《めいよ》を手にするだけではない。

母と永遠に暮らすという、幸福すら手に入る。

だから。

「……なるほど。よく、わかりました」

なぜ、このアード・メテオールが、どこか物悲しい顔をするのか。

カーミラには、まったく理解できなかった。

（わたしは、こんなにも幸せなのに）

◇◆◇

三日後。

その日もまた、ネフィリムの村は霧《きり》に覆《おお》われていた。

時刻は朝、なのだが、曇天《どんてん》が太陽光を遮《さえぎ》り、濃密《のうみつ》な霧が不気味な薄暗《うすぐら》さを演出している。

この悪天候に、一般《いっぱん》的な人間ならば気分が滅入《めい》るところだが……

村の者達の目には、むしろ狂的《きょうてき》なまでの熱量が宿っていた。

村の大通り。その両側に全ての村人が並び、花道を作っている。

そこを歩むは生け贄の少女、カーミラ。

絢爛《けんらん》極《きわ》まる衣装《いしょう》で着飾《きかざ》った彼女の姿は、持ち前の可憐《かれん》さも相まって、実に美麗《びれい》だった。

その様相はまるで、ウエディングドレスを纏《まと》った花嫁《はなよめ》のよう。

彼女は頬をうっすら紅《あか》く染めて、瞳《ひとみ》にある種の期待感を宿しながら、広場へと歩を進めていく。

そんなカーミラを、兄ベスパは広場近くの道沿いで見守りながら、心の底から思う。

（あぁ……惜《お》しいなぁ）

（これが最後の儀式でなければ）

（カーミラは、僕のお嫁さんになってくれたのに）

オルランドの家はある目的のため、代々近親相姦《きんしんそうかん》を繰《く》り返している。

カーミラの母にしても、父ゲルマンの妹であった。

（あぁ……妹の全《すべ》てが、僕のものになったなら……！）

薄汚《うすよご》れた情念が、カーミラへの執着《しゅうちゃく》を生んでいた。

しかし、その欲求《よっきゅう》を優先させることはない。

このベスパもまた、一族に伝わりし因習に洗脳された、哀れな存在なのだから。

最優先すべきは、生け贄を捧げること。

そして……今はもう一つ、重要な仕事がある。

ベスパはちらりと横を見た。

そこにはあの、アード・メテオールとイリーナ・リッツ・ド・オールハイドが立っている。前者は広場へ向かうカーミラの姿を冷静な顔で見つめていたのだが……

後者、イリーナもまた、なぜだか落ち着いた様子であった。

（なんだか変だな）

（あいつは絶対に騒《さわ》ぎを起こすと思ってたんだけど）

引っかかりを覚えるベスパだが……蒙昧《もうまい》な彼は、それ以上の考えを放棄《ほうき》した。

とにかく、やるべきことをやればいい。それで全てが丸く収まるのだ。

そうした考えに至った頃《ころ》、カーミラが広場へ到着《とうちゃく》。

大きく開けた空間。その地面には巨大《きょだい》な特殊《とくしゅ》魔法陣《まほうじん》が描《えが》かれており、毒々しい紫色《むらさきいろ》の輝《かがや》きを放っている。

そのすぐ横には、父ゲルマンの姿があった。

ベスパによく似た、醜悪《しゅうあく》な容姿の中年男性。彼はちらりと、ベスパの目を見やる。

それは事前に取り決めた合図であった。

「よし！　呪《のろ》い酒を配れ！」

傍《そば》に控《ひか》えた家人達へ、指示を飛ばす。

呪い酒とは、一時的に服用者の魔力を底上げするマジックアイテムである。

この儀式は村人全員の魔力を陣へ注ぎ込むことで、ようやく遂行《すいこう》されるもの。

ゆえに、儀式参加者は強制的に呪い酒を飲まされる。

そんなマジックアイテムは、すぐさま村人全員の手元へ行き渡《わた》り……

「き、君達にも、飲んでもらうから」

イリーナ、そしてアードにも、手渡された。

「し、視察だろうとなんだろうと、さ、参加するのなら、飲んでもらう」

実際のところ、そんな義務はない。だが、飲んでもらわねば困る。

だからベスパは強い口調で呪い酒を勧《すす》めるのだが。

「ふむ。そうですね」

アードは手元にあるグラスに入った酒を見つめながら、目を細めた。

(まさか、こいつ……気付いてる……!?)

冷《ひ》や汗《あせ》を流すベスパ。ここで奴《やつ》に酒を飲ませられなかった場合、自分は父にどんな折檻《せっかん》を受けることになるのか。想像したくもなかった。

しかし。

「この酒、どうにも酒精が強いように思えますね。私はまだしも、イリーナさんのお体には毒かと。よって、口にするのは私だけで勘弁《かんべん》願いたいのですが」

「あたし、キッツいお酒って苦手なのよね」

なんだ。そんなことか。

ベスパは安堵《あんど》した。彼の役割は、どうにかしてアードに酒を飲ませることだった。

イリーナに関しては、どうとでもなる。

だからベスパは、精一杯《せいいっぱい》人当たりのよい笑顔《えがお》を作り、

「そ、それでかまわない。さ、さぁ、早く、飲め」

そのように促《うなが》すと——

アード・メテオールは、なんら疑念を持った様子もなく、呪い酒を一気に飲み干した。

瞬間《しゅんかん》。

「……っ！」

姿勢を崩《くず》すアード。その姿を認めたベスパは、口角を思い切り吊《つ》り上げて、

「ヒヒッ！　ヒヒヒヒヒヒヒヒヒッ！　引っかかったなぁ！　この馬鹿《ばか》がぁあああああああああああッッ！」

感情を爆発《ばくはつ》させながら、懐《ふところ》にしまっておいた短刀を抜《ぬ》き放ち——

一切《いっさい》の容赦《ようしゃ》なく、アード・メテオールの胸へと突《つ》き立てた。

◇◆◇

儀式が滞《とどこお》りなく進む中。

カーミラは、物々しい雰囲気《ふんいき》を感じ取った。

背後で何かが起こっているのだろうか？　気になった彼女は、後ろを見ようと、首を、

「我が娘《むすめ》よ。お前は目前の儀式にのみ集中なさい。それ以外に、大事なことなどあるのかね？」

首を、動かす直前。父の厳《おごそ》かな声が、ぴしゃりと鞭打《むちう》つようにカーミラの心を叩《たた》いた。

そうだ。儀式以外に大事なことなどあるものか。

これから自分は平和の礎となり、永遠の幸福を掴《つか》むのだ。

愛する母のもとへ、召《め》されるのだ。

「《開け》《開け》《膨大《ぼうだい》なる血肉の喝采《かっさい》と共に》《門よ》《開け》」

詠唱《えいしょう》を口にする父。その表情には、狂的な熱気が宿っていた。

世界の平和を守るという使命感に燃えているのだろう。カーミラはそのように受け取り、
それ以上は考えなかった。

そして……詠唱の末に、地面へ描かれし特殊魔法陣が、一際《ひときわ》強く光り輝いて。

次の瞬間、陣の中から、何かがせり上がってきた。

それはドス黒く、巨大な、球体状の塊《かたまり》。

この世全ての悪意を固めたかのような、なんとも言えぬおぞましさだった。

やがてその黒い塊は、髑髏《どくろ》のような形へと姿を変え、カーミラをジッと見据《みす》えてくる。

「ひっ……!?」

本能的な恐怖《きょうふ》が、彼女の心を襲《おそ》う。そんなカーミラの細い肩《かた》を、父がガッシリと掴んで、

「さぁ、カーミラ。あの御方《おかた》のもとへ行くんだ。そうすれば……夢が叶《かな》うぞ?」

そう言われ、ハッとなる。

「お母、さん……!」

カーミラはギュッと手を握《にぎ》り、恐怖をはねのけると、確かな足取りで歩き出した。

恐《おそ》ろしい、巨大な髑髏へと向かって行く。

これで、夢が叶うのだと信じて。

……そんな、切なる願いを感じ取ったのだろうか。

髑髏の口から、「ゴォ、ゴォ」という音が漏《も》れる。それはまるで、笑い声のようで……

カーミラが不穏《ふおん》な空気を感じ取った、その矢先。

黒い髑髏の表面から、半透明《はんとうめい》な白いモヤが伸《の》び始めた。一つや二つではない。夥《おびただ》しいモヤが、まるで髑髏から逃《に》げるかのように突き出てくる。

やがて……

無数の白いモヤが、人の上半身を形造り、

「助けてぇえええええええええええ」

「苦しい、苦しい、苦しいぃいいいいいい」

「もう嫌《いや》だぁあああああああああああ」

聞くに堪《た》えぬ、苦悶《くもん》の声を放ち始めた。

彼等は皆《みな》、髑髏から必死に離《はな》れようと体を動かすが、しかし、上半身から先が髑髏の中から出ることはない。

そんな様相だけでも、十分にショッキングな光景だが……

鬼気迫《ききせま》る形相で蠢《うごめ》く彼等の中に、それを見出《みいだ》したとき。

カーミラの喉《のど》から、勝手に声が漏れ出た。

「お母、さん……!?」

カーミラのそれと同じ、美しい金色の髪《かみ》。懐《なつ》かしさを感じる雰囲気。

されど。

その美貌《びぼう》は今や、苦悶と哀《かな》しみに塗《ぬ》り潰《つぶ》され、あまりにも無惨《むざん》な顔となっていた。

「なに、これ……!?」

目を大きく見開き、目前の状況《じょうきょう》に限りない困惑《こんわく》を示すカーミラ。

そんな彼女に、父が背後から声を投げた。

「我が娘よ。父に懺悔《ざんげ》をさせてほしい」

心の底から申し訳なさそうな声音《こわね》で、父は言葉を続けた。

「私はね、嘘《うそ》を吐《つ》くのが大嫌《だいきら》いなんだ。けれども、使命のためには己《おのれ》を曲げねばならぬ。だからね、娘よ。私はお前に嘘を吐き続けてきたのだよ」

「嘘……!?」

「そうだよ、カーミラ。私がお前に吐いてきた嘘は二つだ。一つは、我々が人間のために《邪神《じゃしん》》を封《ふう》じ続けている、という嘘。我々はね、人間などという下等生物ではない。我々は誉《ほま》れ高き《魔《ま》族《ぞく》》であり……これまでずっと、主《あるじ》の封印《ふういん》を緩《ゆる》め続けてきたのだよ」

啞《あ》然《ぜん》となるカーミラだが、父はそれを無視して、一方的に言葉を紡《つむ》ぎ続けた。

「我等オルランドの一族はね、かつては《魔族》の中でも極《きわ》めて高貴な身分だったのだよ。何せ我々は、至高の御方である主の胤《たね》をいただいた一族なのだ。ゆえに我々は、代々近親相姦を繰り返してきた。主の血を薄《うす》めるなど、あってはならぬことだからね」

父、ゲルマンはカエルのような醜《みにく》い顔に、気持ちの悪い笑みを貼《は》り付けた。

「そうした我が一族の伝統が、主を救うことに繫《つな》がったのだ。主の封印を解くには、強大な魂《たましい》が必要不可欠。ゆえに我等の魂が役に立つ。主の血と魂を色濃《いろこ》く受け継《つ》いできた我等一族は、まさに人身御供《ひとみごくう》として最適だったのだよ」

誇《ほこ》らしげに語ったゲルマンだが、一拍《いっぱく》の間を空けると、途端《とたん》に肩を落とし、先程《さきほど》までの笑顔を曇《くも》らせた。

「話が逸《そ》れたね。今は、懺悔の時間だったな。……二つ目の嘘を告白しよう。それはね、カーミラ。お前には常々、生《い》け贄《にえ》となることで幸福を得られると教えてきたわけだが……それはね、真っ赤な嘘だったのだよ」

「……えっ」

頭の中が、真っ白になる。

けれども、父はカーミラの心情などお構いなしに口を動かし続けた。

「生け贄となれば母に会える。それは嘘じゃあない。けれどね」

父、ゲルマンが語る真実は、まさに。

「そこから先は、全《すべ》てが嘘なのだよ」

これまで信じてきたものを。

これまで、心の支えだったものを。

少女の希望を。

粉々に、打ち砕《くだ》くような内容だった。

「主に取り込まれた者は、永遠の幸福ではなく……未来永劫《みらいえいごう》続く、地獄《じごく》の苦しみを味わい続けるのだ」

……言葉が、出てこない。体から、自分を形成する何かが抜け出たような感覚。

何も考えられず、自分が今、どういう顔をしているのかさえ把握《はあく》できなかった。

「あぁ、カーミラ……ごめんよ、カーミラ……私はまた、家族に嘘を吐いてしまった。愛する者を、悲しませてしまった。あぁ、だが、しかし……」

俯《うつむ》くゲルマンは、全身をわななかせると。

勢いよく天を見上げながら、叫《さけ》んだ。

「気持ちいぃいいいいいいいいいいいいいッッ！　嘘を吐くのは大嫌いだがッ！　私の嘘で絶望する者の顔を見るのはッ！　このうえなく、気持ちいいいいいいいいいッッ！　これだからやめられねぇんだよなぁああああああ！　嘘を吐き続けるのはよぉおおおおおおおおおおおおお！」

ゲラゲラと、腹を抱《かか》えて笑うゲルマン。

狂気《きょうき》を発露《はつろ》した彼の様子に、カーミラはただただ呆然《ぼうぜん》とするしかなかったが。

しかし、次の瞬間。

巨大《きょだい》な髑髏の眼窩《がんか》から、闇《やみ》色の触手《しょくしゅ》が伸び、カーミラの足を搦《から》め捕《と》った。

「あっ！」

地面の上を、引きずり回される。

触手は徐々《じょじょ》に縮んでいき……その果てに待ち受けるのは、開かれた、髑髏の大きな口。

少女を飲み込まんとするその恐ろしい光景が、皮肉にも、カーミラに感情を戻《もど》させるきっかけとなった。

「い、いやぁああああああああああああああああっ！」

半狂乱となり、必死に上半身を動かすカーミラ。

地面に爪《つめ》を食い込ませ、髑髏から逃《のが》れようともがく。

だが、無駄《むだ》だった。触手は容赦なく、カーミラの華奢《きゃしゃ》な体を引き回し、髑髏の口元へ運んでいく。

もはや、逃げられない。

誰《だれ》も、止める者はいない。

カーミラを救う者など、どこにもいない。

しかし、それを理解しても。

カーミラは叫ばざるを得なかった。

「誰か、助けてっ……！」

その声を、嘲笑《あざわら》うかのように、髑髏が「ゴォ、ゴォ」と音を漏らす。

そして、カーミラの体が髑髏の口へ——

「相も変わらず、レディーへの扱《あつか》いがなっていない」

悠然《ゆうぜん》とした声が、場の空気を斬《き》り裂《さ》くように響《ひび》き渡《わた》った瞬間。

目前の黒い髑髏が、熱と閃光《せんこう》に覆《おお》われた。

爆裂《ばくれつ》。強大なエネルギーの奔流《ほんりゅう》に、カーミラもまた飲み込まれた。が、不思議なことに、灼熱《しやくねつ》の炎《ほのお》は彼女の体になんらダメージを与《あた》えることはなく、その細い足に絡《から》んだ触手のみを焼き払《はら》った。

「きゃっ」

地面へ落ち、尻餅《しりもち》をつくカーミラ。

いったい、何が起きているのか。そう考えてから、すぐのことだった。

「ひ、ひぃいいいいいいいいいいいい！」

豚《ぶた》のような悲鳴の後、ドタドタと、慌《あわ》ただしい足音が響く。

兄、ベスパだった。醜い顔を恐怖に歪《ゆが》ませた彼は、父のもとへと駆《か》けていき、縋《すが》るようにしがみつくのだが。

「この大馬鹿者《おおばか》がッ！　失敗しおったなッ！」

「ぎぃっ!?」

父、ゲルマンに張り倒《たお》され、地べたへ転がる。

ベスパは目に涙《なみだ》を浮《う》かべ、張られた頬《ほお》をさすりながら、叫んだ。

「ぼ、僕はちゃんとやったよ！　で、でも……こ、殺したはずなのに！　し、死なないんだよぉおおおおおおおおおおおおおッッ！」

絶叫《ぜっきょう》と共に、指を差す。その先には――

衣服の胸元《むなもと》を真っ赤に染めたアード・メテオールが、微笑《びしょう》を浮かべながら立っていた。

「パパの言われた通りにやったんだ！　毒入りの酒を飲ませて！　心臓を一突《ひと》きにしてやった！　で、でも！　あいつは死なななかったんだッ！」

ガチガチと歯を打ち合わせながら、恐怖を体現するベスパ。

その様子に、アードはくつくつと笑いながら、

「いやいや、確かに死にましたよ？　けれどね」

紅《あか》き瞳《ひとみ》を爛々《らんらん》と輝《かがや》かせて、言い放った。

「たかだか一度死んだ程度で、この身が滅《ほろ》ぶことはない」

唇《くちびる》が半月を描《えが》く。なんと恐ろしい笑《え》みであろうか。誰もが蛇《へび》に睨《にら》まれたカエルの如《ごと》く、微動だにできなくなってしまう。

そんな中で、アード・メテオールは滔々《とうとう》と語り出した。

「実のところ、今回のお話を受けた時点で、私はこうなるのではと予感しておりました。――もしかすると、善良なる者達が騙《だま》されて愚行《ぐこう》を犯《おか》している、という可能性もある。ゆえに此度《こたび》の一件、善悪どちらであるのか見極めるべく、貴方達《あなた》をあえて泳がせた。その結果
そこまで言い切ると、アード・メテオールは、笑みに宿る恐ろしさを一層強めて、

「これで、心置きなく成敗できる」

言葉が放たれると同時に、再び爆裂が生じた。

広場へと続く道を形作っていた、村人達。彼等が皆、熱と衝撃《しょうげき》と閃光に飲み込まれ、そして四方八方へと吹《ふ》っ飛んでいく。

「村の皆様《みなさま》も、どうやら《魔族》のご様子。しかしながらご安心ください。私は取るに足らぬ命は奪《うば》いません。ただ……」

一瞬《いっしゅん》にして、全ての《魔族》を殲滅《せんめつ》したアード・メテオールは、ゲルマンとベスパを指さし、宣言した。

「いたいけな少女を騙し、痛めつけ、絶望へと堕《お》とした罪は重い。そのぶんはキッチリと贖《あがな》っていただく」

少年の紅き眼光が、二人の体を貫《つらぬ》いた。

ベスパはたまらず悲鳴を上げる。しかし、家長たる父、ゲルマンは顔に脂汗《あぶらあせ》を浮かばせながらも、グッと拳《こぶし》を握《にぎ》り締《し》め、

「まだだ……！　生け贄さえ！　生け贄さえ捧《ささ》げたならッ！」

追い詰《つ》められた者特有の形相で、カーミラを見る。そして、ゲルマンは彼女のもとへ駆け寄らんと、足を動かすのだが。

「んなことッ！　させるわけないでしょうがッ！」

横合いから、炎が伸《の》びる。

「ぬぅっ⁉」

命中の寸前、かろうじて身を躱《かわ》し、炎を回避《かいひ》するゲルマン。

だが、その隙《すき》に……

「あんたらの企《たくら》みなんか、ブッ潰《つぶ》してやるんだからッ！」

イリーナ・リッツ・ド・オールハイド。麗《うるわ》しいエルフの娘《むすめ》が、その銀髪《ぎんぱつ》をなびかせながら疾走《しっそう》し、カーミラの細い体を抱える。

そうしてからすぐ、イリーナはカーミラを抱《だ》きかかえたまま走り抜《ぬ》け、アードの横に立った。

「これにてチェックメイトです。無駄な抵抗《ていこう》はおよしなさい」

堂々と宣言するアード・メテオールに、ゲルマンは歯を食いしばった。

敗北寸前。しかし、それを認められぬ者の表情。

ゲルマンは目を血走らせながら、アードに怒声《どせい》を放つ。

「この、愚《おろ》かな下等生物めがッ！　我等が主《あるじ》を《邪神《じゃしん》》などと呼び、貶《おとし》め、のうのうと地上を闊歩《かっぽ》する恥知《はじし》らずめがッ！　貴様等とて、かつては我等が主の支配を受け、繁栄《はんえい》してきたというのにッッ！」

「……繁栄？　またまた、ご冗談《じょうだん》を。《邪神》全盛の際、人類は貴方達《魔族《まぞく》》の奴隷《どれい》であり、《邪神》達にとってはオモチャに過ぎなかった。あの時代、いったいどれだけの人間が苦しみ、泣き喚《わめ》いたことか」

「それがッ！　それが人類共にとっての繁栄なのだッ！　我々の奴隷として生き、最後はボロ雑巾《ぞうきん》のようになって死ぬッ！　それこそが人類のあるべき姿だッ！　この世界の、あるべき形だッッ！」

「……やれやれ。貴方達はいつもそうだ。数千年経《た》ってもまるで変わりがない」

小さな声で呟《つぶや》き、嘆息《たんそく》するアード。だが、ゲルマンの耳には届いていない。

完全に自分の世界へ入り込んだ彼の面貌《めんぼう》には、次第《しだい》に狂気の色が混ざり始め、

「至高の御方《おかた》たる主が頂点に君臨し、その下を我等《魔族》が支えッ！　人間共を使役《しえき》して文明を発展させるッ！　そんな我等が理想の世界を実現するためならッ！　この命、惜《お》しくはないッッ！」

ゲルマンはベスパの方へと歩み寄り、その首根っこを引っ摑《つか》んで、

「およそ不完全ではあるがッ！　主を復活させるという一族の悲願ッ！　これだけは成し遂《と》げてみせるッッ！」

揺《ゆ》れる瞳に、禍々《まがまが》しき感情を宿しながら、ゲルマンはベスパを引きずりながら走る。

黒き髑髏《どくろ》のもとへと、走る。

「パ、パパ!?　なっ、何をするの!?」

「我々をッ！　主へと捧げるのだッ！」

「はぁっ!?」

「カーミラとは違《ちが》い、準備不足ゆえ、我等の魂《たましい》は必要レベルの濃度《のうど》を持っていない！　だがそれでもッ！　ないよりはマシだろうッ！」

「そ、そんなッ！　い、嫌《いや》だッ！　生《い》け贄《にえ》になるだなんて、絶対に嫌だぁああああああああああああッ！」

絶叫し、暴れるベスパを無理やり引き回しながら、なおも駆け続けるゲルマン。

「させませんよ」

当然ながら、アードが見過ごすわけもない。

無詠唱《むえいしょう》による攻撃《こうげき》魔法の発動。彼の目前に魔法陣《まほうじん》が顕現《けんげん》し、そこから紫電《しでん》が伸びる。

だが……その一撃がゲルマンの背を打つという、直前。

髑髏の眼窩より、再び黒い触手が伸び、瞬く間《またたくま》にゲルマン達を覆い尽《つ》くした。

雷撃《らいげき》は触手に阻《はば》まれ、本懐《ほんかい》を遂げること叶《かな》わず、四散するように消滅《しょうめつ》。

そして。

「我が主よッ！　復活なされよぉおおおおおおおおおおおおッッ！」

「ひぃいいいいいいいいいいいいいいいいいいいいいッ！」

絶叫する両者が、髑髏の口内へと飲み込まれていった。

「……まったく、手間がかかりますねぇ」

ふぅ、と嘆息するアード。その横で、カーミラはイリーナに抱きかかえられたまま……

世にも恐《おそ》ろしい光景を、目にした。

白いモヤ、生け贄となった者達の魂が髑髏の中へと引きずり込まれるように消えていく。

苦悶《くもん》の声を上げる無数の魂達。その中には母の姿もあって……

しかし、カーミラが母の悲劇に何かを思う前に。

髑髏に、肉がつき始めた。

まるで時間が巻き戻《もど》っていくかのように、髑髏が人へ、戻るかのように。

だが……紅い肉が髑髏を覆い、眼窩《がんか》にギョロギョロとした目が戻った後には、何も起こることはなかった。

「あ、が、が、が。ぐげがげおごあがあぁあああああああああああああッッ！」

巨大《きょだい》な、筋肉が露出《ろしゅつ》した人の頭。

おぞましい姿のバケモノが、雄叫《おたけ》びを上げる。

そのさまに、カーミラは冷《ひ》や汗《あせ》を流すのだが。

「不完全とはいえ、復活を許してしまいましたか」

アード・メテオールは、なんら動じたふうもなく、イリーナとカーミラを見て、

「できるだけ、離《はな》れていてください」

「うんっ！　やっちゃえ、アードっ！」

イリーナに微笑を返すと、彼はこちらに背を向けて、堂々と歩き出した。

あの、恐ろしいバケモノへと、迷うことなく。

「ぐががが！　ぐが、あぐ、うあぁああああああああああッッ！」

バケモノが叫《さけ》ぶ。その声はまるで、目前の少年、アード・メテオールに対する怨嗟《えんさ》のよ

うであった。

「……かつては美貌《びぼう》を誇《ほこ》った貴様が、今やそのザマか。ふん、惨《みじ》めなものだな。しかし、貴様の性根《しょうね》を思えば、その姿こそがお似合いというものだ」

何か、アードがバケモノへと言葉を放ったが……イリーナとカーミラの耳には届かない。

「俺が存在する限り、貴様等の思うようにはさせん」

そして。

「《勇者》に代わって……世界は、この俺が守る」

戦いの火蓋《ひぶた》が、斬《き》って落とされた──


──────


──おそらく、彼等の闘争《とうそう》はごく短い時間で決着がついたのだろう。

だが、それを見つめる者からすれば、あまりにも長い。

そんな死闘を制したのは、アード・メテオールであった。

不完全ながらも復活を果たした《邪神》。その醜悪極《しゅうあくきわ》まる姿が、アードの絶大な魔法に飲み込まれ、消失する。

あとには何も残らない……のであれば、カーミラの心もまだ、安らかであったろう。

《邪神》消失後、場に巨大な純白の塊《かたまり》が現れ……

それが次々と、無数の塊になって、天へと昇《のぼ》っていく。

《邪神》の中に囚《とら》われし、哀《あわ》れな生け贄達の魂であった。

解放された彼等の顔は皆《みな》、穏《おだ》やかなもので……

その中に、母の姿を認めた瞬間。

「お母さんっ！」

イリーナの腕《うで》の中で暴れ、地面へ落ちるようにして着地すると、カーミラはすぐさま駆《か》け出した。

今まさに、天へと昇り行く母の魂へ、手を突《つ》き出しながら。

「待って！　わたしを……わたしを、置いていかないでっ！」

悲痛な叫びに、母が反応を示す。

娘との再会を喜びたいのに、娘を抱きしめてやりたいのに、それが叶わぬと知り、嘆《なげ》いているような顔。

母はどうにか、娘の手を取ろうともがくのだが、しかし、世界の理《ことわり》が生み出す引力には抗《あらが》えない。

死者である彼女達は、冥府《めいふ》へと送られるのだ。

それは世界創造と共に生まれた、絶対的なルールである。

「カーミラっ……！」

結局、母はただ、娘の名を呼ぶことしかできぬまま、天へと昇り、消えていった。

「あ……」

目前の現実に絶望しきったカーミラは、ぺたんと尻餅《しりもち》をついて、母の面影《おもかげ》を探すように天を見上げる。そうすることしか、今の彼女にはできなかった。

「……カーミラさん」

すぐ横で、声をかけてくる少年。アード・メテオール。

カーミラは彼に対し、半ば衝動《しょうどう》的に口を開いた。

「……殺して」

反応はない。唖然《あぜん》としているのか？　それとも、別の顔をしているのか？

どうでもいい。もはや、何もかもがどうでもいい。

カーミラは、アードへ懇願《こんがん》するように、自らの思いをぶちまけた。

「お願いだから、わたしを、殺して。もう、生きていたくない」

「……それは、できません」

否定の言葉に、カーミラは唇《くちびる》を震《ふる》わせながら、アードの顔を睨《にら》んだ。

「なんで？　まだ、わたしに生きろって言うの？　何もかもを失ったのに？　……わたしは、世界を守るための生け贄として産まれたんだと、そう思ってた。でも、現実はこれ。わたしは人間ですらない。……そんなわたしが！　どうやって！　なんのために！　この世界で生きるのよ！」

こんなにも感情を爆発《ばくはつ》させたのは、初めてのことだった。

怒《いか》りが、やるせなさが、哀《かな》しみが、少女の口から止めどなく放たれる。

だが、それでも、アード・メテオールはカーミラの願いを聞き入れることはしなかった。

「……カーミラさん。貴女《あなた》は不運にも、母君となんの言葉も交《か》わすことができなかった。しかし……もしも、母君としっかり話すことができたなら、彼女は貴女に生きてほしいと願ったはずだ。生きて、幸福になってほしいと、願ったはずだ」

「そんな、こと……！　そんなこと！　なんであなたにわかるの⁉」

大粒《おおつぶ》の涙《なみだ》を流しながら、カーミラは怒声《どせい》を放つ。

もはや一秒さえ、生きながらえたくはなかった。

この少年が殺してくれないというのなら、自ら舌を噛《か》み切ろうか。

そう考えた矢先のことだった。

「では、カーミラさん。母君がどのようにお考えか、実際に確かめてみましょう」

「……えっ？」

何を言っているのか、理解が及《およ》ばない。

困惑《こんわく》するカーミラ。その足下《あしもと》に——次の瞬間《しゅんかん》、大型の魔法陣が展開された。

カーミラだけでなく、アードやイリーナの足下にも広がる、黄金色のそれ。

巨大な魔法陣は刹那《せつな》、一際《ひときわ》強い煌《きら》めきを放ち——

「手を摑み損ねたのなら、摑める場所まで追いかければいい」

アードの呟きが耳に入ってからすぐ、カーミラの視界が激変する。

破壊《はかい》の爪痕《つめあと》が残る村のそれから、謎《なぞ》の空間へ。

血液を連想させるような赤黒い背景がどこまでも続く。そんな気味の悪い空間の中を、無数の白い塊が飛び交っていた。

「ここ、は……!?」

「冥府です。正確には、冥府の一部と称《しょう》するべきでしょうが……ともあれ、ここにはまだ、貴女の母君がいる。……本当なら、蘇《よみがえ》らせて差し上げたいのですが、それは不可能です。しかし、会話だけなら、なんとか」

そう述べてから、アードは自らの左手を天へと掲《かか》げる。と、掌《てのひら》の先に新たな魔法陣が展開され……数瞬後、無数に飛び交う白い塊の中から、一つがこちらへとやってきた。

目前にやってきたそれに、カーミラは一瞬、恐怖《きょうふ》に身をすくませるが……

「お母、さん……!?」

本能的に吐《は》き出された言葉。それを受けたから、なのか。

白い塊が、母の姿を形作った。

「カーミラ……！」

「お、お母さんっ！」

母の胸へと飛び込んでいく。だが、相手は肉体を持たぬ存在であるからか、触《ふ》れ合うことはできず……カーミラの華奢《きゃしゃ》な体は、母の胸元《むなもと》をすり抜《ぬ》けてしまう。

そんな現実が、カーミラの胸を抉《えぐ》り、そして。

「お母さん……！　わたし、もう、無理だよ……！　お母さんのところへ行きたい……！

もう、死んじゃいたいよ……！」

ポロポロと涙をこぼすカーミラに、母は一瞬、辛《つら》そうな顔をする。

だが、すぐに厳しい表情を作り、

「許しません。もし自害などしようものなら、貴女とは親子の縁《えん》を切ります」

「えっ……!?」

まるで、断崖絶壁《だんがいぜっぺき》から突き落とされたような気分だった。

呆然《ぼうぜん》となるカーミラへ、母はなおも厳しい顔で言葉を紡《つむ》ぐ。

「貴女の気持ちはよくわかります。……わたしだって、同じだったから。でも、そうだからこそ……貴女には、本当の幸せを摑《つか》み取ってほしいの。ちゃんとした幸せを手に入れて、胸を張って生きてほしい。だって……」

母は柔《やわ》らかく微笑《ほほえ》んで、

「貴女は、わたしの愛する娘《むすめ》だもの」

穏やかに紡がれたその言葉に、カーミラは涙が止まらなかった。

目元から、大粒の滴《しずく》が勝手に流れ落ちる。

そして。

「……申し訳ありません。ここまでが、限界です」

アードの声が響《ひび》いたと同時に、美しい母の微笑《びしょう》が消失。

視界に映るそれが、元の村跡《あと》へと戻《もど》った。

「……さて、カーミラさん。いかがいたしますか？　母君の意思に反してでも死を選択《せんたく》なさるとおっしゃるなら、このアード・メテオール、一切《いっさい》の苦しみを与《あた》えず、貴女を冥府へご案内することを誓《ちか》いますが」

淀《よど》みない、冷然とした声音《こわね》だった。

ここで死を選んだのなら、アードはもはや、躊躇《ためら》いもなくそうするのだろう。

……正直に言えば、どうすればいいのか、わからなかった。

迷いが言葉となって、口から漏《も》れ出ていく。

「この世界で、生きていくなんて……無理に決まってる……わたしは、《魔族《まぞく》》だもの
……まともには生きられない……それに、そもそも……独りぼっちで生きるなんて、わた
しは」

「いいえ。貴女は独りぼっちなどではありませんよ」

力強い言葉で否定するアード。

彼の横に立つイリーナもまた、胸を張って断言した。

「そうよっ！　あんたは独りなんかじゃない！　あたし達がいるもの！」

なんの迷いもなく、打算も、嫌悪《けんお》もなく、イリーナは純粋無垢《じゅんすいむく》な笑顔を向けてくる。

「わたし、は……《魔族》、なんだよ……!?」

「それがどうしたっていうの！　あたしなんか……あたしなんかね！　《邪神《じゃしん》》の末裔《まつえい》だ
ってのっ！　ある意味ではあんたと一緒《いっしょ》なのよ！」

きっとその告白は、イリーナにとって勇気のいるものだったのだろう。

秘密を打ち明かすという行為《こうい》が、彼女の本気を証明していた。

イリーナは本気で、カーミラを救おうとしているのだ。

アード・メテオールとて、同じだった。

「カーミラさん。貴女は先程《さきほど》、こうおっしゃられましたね。なんのために生きるのか、と。

……その答えを、これからゆっくり探しましょう。私達と、一緒に」

手を差し出してくるアード。目前にあるそれを見つめながら、カーミラは唇を震わせた。

頭の中に、母の声が響く。

『貴女には、本当の幸せを掴み取ってほしいの。ちゃんとした幸せを手に入れて、胸を張って生きてほしい。だって……』

『貴女は、わたしの愛する娘だもの』

カーミラは、瞳《ひとみ》を瞑《つぶ》り、そして。

(ねぇ、お母さん)

(わたしは)

死という救いに縋《すが》れば、きっと自分は楽になれるのだろう。

だが、もしそうしたなら……母に顔向けができない。

人はいずれ、死して冥府に向かう。そこで母に会えるかはわからない。だが、もし再会

できたとき、胸を張ってこう言ってあげたい。
わたしの人生は、幸せだったよ、と。
そう言ってあげられたなら、きっと母も救われるだろう。
生《い》け贄《にえ》として、騙《だま》されながら生きて、死んだ。そんな母の、救いになるだろう。
だから、カーミラは。
「……もう少しだけ、頑張《がんば》る」
差し出された手を握《にぎ》って、こう答えた。
その瞳には悲壮《ひそう》感だけでなく、強い決意も宿っていて。
だからか。
アード・メテオールが、口元を緩《ゆる》ませる。
それはまるで聖母のような、慈愛《じあい》に満ちた微笑であった——

神殺しは
一日にしてなる

新生魔王禄　神滅ノ巻

ドガァアアアアアアアアアンッ！


……のどかな昼下がり。

数時間にわたる教練を経《へ》て、生徒達は学食へと集《つど》い、空腹を満たしていた。

昼餉《ひるげ》に舌鼓《したつづみ》を打つ皆《みな》の顔は、総じて穏《おだ》やかなものだったのだが。

しかし、唐突《とうとつ》に響き渡《わた》った爆発《ばくはつ》音が彼等の表情を一変させた。

中には《魔族《まぞく》》の襲来《しゅうらい》かと警戒《けいかい》を露《あら》わにした者もいたが……大多数は「またかよ」といった顔つきである。

そんなジットリした表情となりながら、俺やイリーナ、ジニーも含《ふく》めて、多くの者が一人の生徒に視線を向けた。

そう、我等がトラブルメーカー、シルフィーである。

「あら？　また誰《だれ》かがトラップ魔法に――」

なんら悪びれることなく、むしろなぜだか得意げな顔で言葉を紡ぐ最中。

「シルフィーの馬鹿《ばか》はどこだぁあああああああああああッ！」

オリヴィアの怒声《どせい》が轟《とどろ》き、次の瞬間《しゅんかん》には、鬼《おに》の形相となった彼女が食堂へと入ってきた。

「そこにいやがったかぁあああああああああああッ！」

「だわわぁああああああああああああっ⁉」

獣人族《じゅうじん》特有の耳、その獣毛を逆立たせたオリヴィアは一瞬にしてシルフィーへと詰《つ》め寄り、首根っこを掴んで引きずり始めた。

「た、助けてぇえええええええええええっ！」

声を反響《はんきょう》させながら、シルフィーがオリヴィアと共に退場する。

「……どうする？」

「完全に自業自得、ですわよねぇ」

ジニーの言う通りだが、捨て置くのも哀《あわ》れではある。

ゆえに我々はオリヴィア達のあとを追った。

彼女が向かった先は、学内にある食料保存庫だった。この中に貯蔵された食料は震災《しんさい》時など、特殊《とくしゅ》な状況下《じょうきょうか》で人々に配給するためのもの。

……そんな保存庫から、もくもくと煙《けむり》が出ていた。

保存庫の前には野次馬が多数おり、多種多様な反応を見せている。

そうした群衆の只中《ただなか》をかち割って、オリヴィアは保存庫の中へと突《つ》き進み、ここでようやっとシルフィーを解放した。

「おい馬鹿。これがどういう状況か、わかってるよな？」

「そ、それはもちろん。アタシが仕掛《しか》けたトラップ魔法が発動――」

「なんで？」

「えっ？」

「なんで食料保存庫にトラップ魔法なんぞ仕掛けた？」

「ア、アタシのスーパー鋭《するど》い第六感が、学園の危機を伝えてきたのだわ。だから最近は、いつも以上にトラップ魔法を多く仕掛けてるの。こ、今回の一件も学園を思ってのことであって、ア、アタシに悪意はないのだわ。芋《いも》の尊い犠牲《ぎせい》で、今日も学園の平穏《へいおん》は――」

「守られとらんわ、このクソバカタレがぁあああああああああああっッ！」

絶叫《ぜっきょう》が轟くと同時に、ごちぃんっ！　という鈍《にぶ》い音が響《ひび》いた。オリヴィアのゲンコツがシルフィーの頭に炸裂《さくれつ》したのである。

「あがぁあああああああ!?　割れたっ！　割れたのだわぁああああああああっ！」

あまりの衝撃《しょうげき》と痛みに、シルフィーが頭を押さえながら地面をのたうち回る。

涙目《なみだめ》の彼女を見下ろしながら、オリヴィアはなおも鬼相《きそう》のまま、叫《さけ》んだ。

「貴様のせいで……貴様のせいでッ！　わたしが丹精込《たんせいこ》めて作った干し芋がッ！　真っ黒焦《こ》げな炭になってしまっただろうがぁああああああああああああッッ！　どう

してくれるんだ貴様ッ！　こんなもんもはやなんの存在価値もないわッッ！」

「い、いや、炭は汚水《おすい》の濾過《ろか》とか、傷の消毒とか、色んなことに使えるし、存在価値皆無《かいむ》ってわけじゃ――ぐげぇっ⁉」

もう一発、頭にドデカいゲンコツが叩《たた》き込まれ、シルフィーは悶絶《もんぜつ》して床《ゆか》を転がる。

言葉にならぬ叫びを上げる彼女を仁王立《におうだ》ちで見下ろしながら、オリヴィアは怒鳴《どな》った。

「これで貴様がわたしの芋に危害を加えたのは八回目だッ！　八回だぞ！　八回！　あと二回加えたら記念すべき一〇回目を迎《むか》えてしまうだろうがッ！」

怒《いか》りのあまり、頭が変になっているのだろう。今のオリヴィアは完全にアレだった。

「今度という今度はもう許さんッ！　地獄《じごく》の折檻《せっかん》トラウマコースを味わわせてくれるッ！」

「ひぃいいいいいいい⁉　ア、アタシが何したっていうのだわぁあああああああ⁉」

滝《たき》のような涙を流すシルフィー。その瞳がこちらへと向く。

助けを求める視線に、俺はやれやれとため息を吐《つ》いた。

「仕方ありませんね。……オリヴィア様。どうか、落ち着いてください。焼却《しょうきゃく》された干し芋が戻《もど》ってくればよいのでしょう？」

「あぁぁぁぁぁんッ⁉」

ドスの利《き》いた声と、凶暴《きょうぼう》な目線をぶつけてくるオリヴィアの横を通り抜《ぬ》けて、俺は干し芋が存在していたと思《おぼ》しき場所へ近づいた。

……ふむ。見事なまでに真っ黒焦げだな。しかし、これならば問題はあるまい。

錬成《れんせい》の魔法を瞬時に構築し、発動する。我が眼前に魔《ま》法陣《ほうじん》が顕現《けんげん》し、それらが干し芋（無惨《むざん》）を通過するように動く。と──

「なっ⁉」

「く、黒焦げだった干し芋がっ！」

「で、できたてみたいな新鮮《しんせん》さにっ⁉」

結果は、野次馬達の言う通り、なのだが。

おかしいな。なぜ、こうも驚《おどろ》いているのだ？

この程度のこと、特別でもなんでも──

「ははははは！　まずは感謝しておこうか、アード・メテオール！」

オリヴィアがあまりにも眩《まばゆ》い笑顔《えがお》を浮《う》かべながら、こちらの肩《かた》を叩いてくる。

……こいつの場合、笑顔は友好的なものではない。むしろ、その真逆である。

俺は冷《ひ》や汗《あせ》をかきながら、その場を離《はな》れようとするのだが。

グッ、とオリヴィアに腕《うで》を摑《つか》まれて、あえなく阻止《そし》されてしまった。そのうえで、

「いやぁ、本当に凄《すご》い奴《やつ》だなぁ、貴様は。まさか、既《すで》に失われて久しい《不可能技術《ロスト・スキル》》を、

こうもアッサリやってのけてしまうのだからなぁ」

「ロ、《不可能技術《ロスト・スキル》》……⁉　さ、さっきの魔法が⁉」

いや、さすがにそれはおかしいだろう。

「も、元となる芋自体は残ってたんですよ⁉　だったらそれを再構成して、干し芋の形にするぐらい、どうということはないでしょう⁉」

この叫びに、野次馬達が騒然《そうぜん》となった。

「ど、どうということはないって……」

「やっぱヤベぇよ、あいつ……」

引き気味に称賛《しょうさん》する者達に混ざり、イリーナとジニーは得意げに胸を張って、

「ふふん！　さっすがあたしのアードだわっ！」

「そうですね。さすが私達のアード君ですね」

バチバチと、火花を散らしている。

……騒々《そうぞう》しい生徒達。睨《にら》み合うイリーナとジニー。命拾いしたと安堵《あんど》するシルフィー。

そして。

「これからゆっくり、職員室で話をしようじゃないか。なぁ？　ア・ー・ド・く・ん？」

拒否権《きょひけん》はないと言わんばかりの、素敵《すてき》過ぎる笑顔を向けてくるオリヴィア。

……そうした状況の中、俺は心の中で思い切り叫ぶ。

どうしてこうなった⁉

◇◆◇

……このアード・メテオールには、厄介《やっかい》な過去がある。

前世……数千年前の古代世界にて、俺は《魔王《まおう》》と呼ばれ、恐《おそ》れられていた。

その恐れられ具合は凄《すさ》まじく、ちょっと話しかけただけで、大半の配下がゲロをぶちまけるほどであった。

皆と仲良くなりたいのに、ほとんどの人間は俺のことを誤解し……結果、俺は孤独《こどく》へと陥《おちい》った。そうした環境《かんきょう》に辟易《へきえき》した俺は、かつての四天王など、重鎮《じゅうちん》に無断で転生。新たな人生を得て、友達一〇〇人作るべく、日々奔走《ほんそう》しているのである。

……で、だ。友達を作るために学園へ入ったはいいものの、そこでかつての四天王にして、我が姉貴分でもあったオリヴィアと再会。彼女に、俺＝《魔王》では？　という嫌疑《けんぎ》をかけられてしまった。ある事情により、俺は奴に自分が《魔王》であると気付かれてはならぬ立場となっている。

そういうわけで。俺はオリヴィアに職員室へ連れて来られた後、必死の言い訳を展開し、なんとか俺＝《魔王》という嫌疑を払拭《ふっしょく》。これで今回はめでたく解放、と、思ったのだが。

「待て。貴様等に別件で話がある」

職員室には俺だけでなく、イリーナ、ジニーの姿もあった。俺が行くところに我あり、といった態度で皆ついてきたのだ。

ちなみに。普段《ふだん》はこのメンバーにシルフィーも加わっているのだが、彼女は現在、先程《さきほど》の騒動《そうどう》を起こした罰《ばつ》として、破損した保存庫の修復作業に当たっている。

「……別件、ですか？」

神妙《しんみょう》な顔で問いかけると、オリヴィアは普段通りのムッツリ顔で腕を組んだ。

「うむ。貴様等も知っての通り、我が校は地下ダンジョンを保有しており、それを授業に利用しているわけだが……ここ最近、その地下ダンジョンで失踪《しっそう》事件が相次いでいてな」

「あ、それ。もしかして噂《うわさ》の神隠《かみかく》し、ですか？」

ジニーの問いに、オリヴィアは重苦しい顔で頷《うなず》いた。

「そうだ。貴様等は確か、テラーハウスなどと呼んで、面白《おもしろ》がっていたな。これがただの怪談《かいだん》話であったなら、わたしとしてもなんら思うところはないのだが」

件《くだん》の怪談については、俺も承知していた。

曰《いわ》く、地下ダンジョン第三階層のとある部屋に入り込んだ者は、異次元に飲み込まれて消えてしまう……といった内容である。

これはここ最近になって流行し始めた噂なのだが、よくある怪談話として気にもとめていなかった。それがまさか、事実であったとは。

「既に三名の生徒が行方《ゆくえ》不明となっている。例の噂が事実か否《いな》かは知らんが、ダンジョンで何かが起きていることは間違《まちが》いない。……本来ならば教員たるこのわたしが対応すべき案件、なのだがな。あいにく、別の案件で立て込んでいる」

「ゆえに、我々へ白羽の矢を立てた、と」

頷くオリヴィアへ、俺は快諾《かいだく》の意を申し入れようとしたのだが……その前に。

「……イリーナさん。どうされました？　顔が真っ青ですよ？」

「ええっ？　そ、そそ、そんなこと、こと、なな、ないわよっ⁉」

ちょっと、見たことのない顔だった。

なにゆえこのような反応を？　と、首を傾《かし》げていると、ジニーが意地悪そうにニンマリ笑って、

「あららぁ？　ミス・イリーナったら、まさか怖《こわ》いんですかぁ？」

小憎《こにく》たらしい表情と声音《こわね》に、イリーナはプライドを刺激《しげき》されたらしい。

「は、はぁっ!? ぜ、全然怖くなんかないしっ！　怪談話のお化けだなんて、これっぽっちも怖くないしっ！」

ふむ。お化け、か。

そういえば、この神隠しはダンジョンで事故死した生徒の亡霊《ぼうれい》によるものだと、そんな怪談話が広がっていたな。

イリーナちゃんも、そういった手合いを苦手とするのだ。

とはいえ……

「や、やってやろうじゃないのっ！　こ、こんな事件、あたしとアードなら三秒で解決よっ！」

ジニーの挑発《ちょうはつ》が効いたらしい。どうにか高い士気を得たようだ。

かくして。我々は学園に潜《ひそ》む謎《なぞ》を解明し、事件を解決に導くべく、ダンジョンへ赴《おもむ》くことになったのだった。

◇◆◇

全《すべ》ての授業過程が完了《かんりょう》し、放課後を迎えると、我々は早速《さっそく》、学園が擁《よう》する地下ダンジョンへ足を運んだ。神隠し事件が発生している場所は、第三階層にある。当然のこと、道中に危機など一切《いっさい》無く、我が庭を散歩するよりも気楽な道程であった。

「さて……目的地に到着《とうちゃく》したわけですが」

ダンジョンは一部例外を除けば、基本的な構造は皆《みな》同じである。多くは石造りの空間で、広々とした通路と部屋、この二つで構成されている。

我が校が擁するダンジョンもまた同じもので、件の事件が発生している場所……怪談ではテラーハウスと呼称《こしょう》されている空間は、なんの変哲《へんてつ》もない部屋の一つであった。

……そう、本当に、なんの変哲もない。むしろそれが奇妙《きみょう》であった。

「どうしたんですか？　アード君。難しそうな顔をしてますけど」

「……当初、私はダンジョン内部に《魔族》などが潜伏《せんぷく》し、なんらかの理由で生徒をさらっているものと考えていました」

「あ、それ、私もです。私も《魔族》が何か企《たくら》んでいるんじゃないかな、と。ちょっと前にミス・イリーナを誘拐《ゆうかい》したときみたく、ダンジョンでなんらかの怪《あや》しい儀式《ぎしき》でもしてるんじゃないかって考えてたんですけど」

「ええ。私もおおむね、同じ推測を立てておりました。しかし……」

俺は顎《あご》に手を当てながら、部屋をグルリと見回し、呟《つぶや》いた。

「どこにも、おかしな反応がない。《魔族》どころか、人間の魔力反応も。《魔素》濃度《のうど》が特別高いという感じもない」

「えっと……つまり、どういうことなんですか？」

「おそらく、ですが……生徒達は事実、神隠しに遭《あ》ったのではないかと。しかも、相手は《魔族》でもなく、人間でもない。もしここで何者かが活動したのなら、魔力の痕跡《こんせき》が僅《わず》かに残るのですよ。人も《魔族》も、無意識のうちに魔力を放つ生き物。ゆえにその痕《あと》を辿《たど》りさえすれば、犯人に行き着くと、そう考えていたのですが」

肝心《かんじん》の魔力痕がどこにもない。それどころか、魔力の反応さえ皆無《かいむ》。

即《すなわ》ち、ここには長らく誰《だれ》も来ていない、ということになってしまう。

犯人はおろか、神隠しに遭ったという生徒さえ、この場所には存在しなかったと、そういうことになってしまうのだ。

「……やっぱり、お化けの仕業《しわざ》かしら？　ミス・イリーナはどう思いますぅ？」

「お、おおお、お化けが相手だろうが、べ、別になんの問題も、な、ななな、ないわよっ！

お、お化けなんか三秒でボッコボコなんだからっ！」

ブルブルと派手に全身を震《ふる》わせながら叫《さけ》ぶイリーナ。そんな有様を見て、ジニーはクスクスと意地悪そうに笑う。

二人のやり取りを見つめながら、俺は小さく呟いた。

「我々が想像するお化けに該当《がいとう》するものとしては、死者の末声が真っ先に挙げられますが……これが人に影響《えいきょう》を及《およ》ぼしたというのは、少々考えづらい」

死者の末声は思念の塊《かたまり》であり、実体が存在しない。ゆえに怪談話でよくある人間の呪殺《じゅさつ》などは基本的に不可能である。彼等はその場に存在しているだけで、世界になんら影響を及ぼすものではない。

……ただし、例外が一つ。

強大な存在が残した思念体であれば、話は大きく変わる。

例えば、数千年前、俺が《魔王》と呼ばれていた時代における、大英雄《えいゆう》の思念体。それがなんらかの理由でこのダンジョンに行き着き、狼藉《ろうぜき》を働いているとしたなら、お化けの仕業というのも間違いではなかろう。

だが、もしそうだったなら、特別な空気感が漂《ただよ》っているはずだ。

この部屋にはそうしたものさえ皆無である。

「いったい、どういう――」

ポツリと呟く、その最中のことだった。

なんの前触《まえぶ》れもなく、まさしく突然《とつぜん》、部屋全体が光を帯び始め――・

次の瞬間《しゅんかん》、視界が白一色に染まる。

それから目前の光景が変化するまで、ほんの一瞬であった。

「……これはこれは。いわゆるサプライズ、というやつですかね」

嘆息《たんそく》と共に、俺は声を漏《も》らした。

森である。先刻まで、我々は石造りのダンジョンにいたはずなのだが、今や踏《ふ》みしめるは湿気《しっけ》を含《ふく》んだ土であり、周囲に在《あ》るはうっそうと生《お》い茂《しげ》った緑の数々。

さりとて、別の場所へ飛ばされたというわけではない。

その証拠《しょうこ》に、天涯《てんがい》を見上げてみれば、そこには見慣れた太陽などどこにもなく、闇色《やみ》だけがひたすらに広がっている。これは夜空ではなく、ただ黒いだけの壁《かべ》である。

そして、光源が存在しないにもかかわらず、我々の周囲にはまるで真昼のような明るさがあった。

「えっ。えっ。ちょ、ちょっと、これ、どういうことなの？」

あまりにも奇妙な現状に、冷《ひ》や汗《あせ》を流しながら周囲を見回すイリーナ。

その一方で、ジニーは二人の気を引くためかパンッと手を叩《たた》いて、

「みっともないですねぇ。そんなにも動揺《どうよう》して」

小馬鹿《こばか》にしたように笑う。が、すぐに真剣《しんけん》な顔となり、俺の方を見ると、

「私達には、アード君がいるんですよ？」

その一言だけで十分だったらしい。イリーナは表情を一変させた。

怯《おび》えから、信頼感《しんらい》へと。

「……ジニーさんのおっしゃる通りです。このような事態、私からすればなんの問題でもございません。むしろこれは好都合というもの。相手の方から我々に近づいてきてくれたのですから」

半分は二人を勇気づけるための内容だが、もう半分は本音であった。

この状況《じょうきょう》は間違いなく、件の事件の犯人によるものであろう。

犯人は我々を次なる犠牲者《ぎせいしゃ》として選んだというわけだ。

それが過《あやま》ちだったと後悔《こうかい》させてやる。

……依然《いぜん》として、魔力の反応などが一切ないところは気になるが、その点についても、いずれ真実が明らかになるだろう。

ともあれ、現段階で我々がすべきことは。

「森を探索《たんさく》いたしましょう。これはまだ推測の域を出ませんが……我々は結界魔法《まほう》による固有空間に囚《とら》われたのではないかと」

「結界魔法？」

「固有空間、ですか？」

現代人のイリーナやジニーにはピンとこなかったらしい。無理もない。結界魔法も固有空間も、現代ではマイナーな《不可能技術《ロスト・スキル》》となっている。

「この魔法はかけられた者だけでなく、術者もまた空間内に強制移動される、というルールが存在します。そして、空間内に存在する術者を倒《たお》せば、元の世界に戻《もど》ることができる」

こくこくと頷くイリーナとジニーに、俺は腕《うで》を組みつつ言葉を続ける。

「その術者こそが、件の事件の犯人ではなかろうかと。固有空間からの脱出《だっしゅつ》。そして、事件の解決を図《はか》るためにも、今は足を動かしましょう」

どうやら二人は納得《なっとく》してくれたらしい。

その後、我々は緑の只中《ただなか》を進み続けた。

皆、油断なく周囲へ気を配っている。さりとて、何かが起きる気配はない。

うんざりするほど静かで、気持ちが悪いほどの緑に囲まれながらの進行。

その最中、我々はあるものを発見した。

「あ、あれって……！」

「し、死体……!?」

額に脂汗《あぶらあせ》を浮《う》かべる、イリーナとジニー。

彼女等の視線の先には、樹木の傍《そば》に転がる白骨死体があった。

これまで気丈《きじょう》さを保ってきたジニーだが、さしもの彼女も死体を見ては動揺が隠《かく》せぬらしい。現代っ子のイリーナもまた、死体を前に心を揺《ゆ》らしている様子だ。

反面、俺からしてみれば、死体など珍《めずら》しいものでもない。

気安い心持ちで白骨へと近寄り、その全体を検《あらた》める。

「ふむ……この布はおそらく、制服の布でしょうね。彼または彼女は、犠牲者の一人と見て間違《まちが》いないでしょう」

なんとも、哀《あわ》れなものだ。霊体《れいたい》さえ残っていたなら、この状態であろうと蘇生《そせい》が叶《かな》ったのだが。もはや彼、または彼女は完全に昇天《しょうてん》しており、その霊体は冥府《めいふ》に在る。

……まだまだ、生きていたかっただろう。やりたいことが、たくさんあっただろう。

子供の命と未来を奪《うば》った犯人に義憤《ぎふん》を覚えたのは、俺だけではなかったらしい。

「……もう、誰も犠牲になんかさせないわ」

「……そうですわね」

イリーナもジニーも、犠牲者へ誓《ちか》いを立てるように、言葉を紡《つむ》ぐのだった。

その後、高い士気を得た我々の歩調は、勇ましいものへと変じていた。

必ずや犯人を見つけ出し、その凶行《きょうこう》を止めるのだと、強い決意が歩みに表れている。

だが……探索を再開してより、およそ三〇分後。

意気軒昂《いきけんこう》とした気分に、冷水を浴びせらせるような展開が訪《おとず》れた。

「えっ。あ、あれは」

「さ、さっきの白骨死体……？」

そう、三〇分前に発見したそれが、目前にある。

別の犠牲者ではないかと、一応確認《かくにん》してみたが、どうやら違うらしい。

我々の前に在るのは、同じ白骨死体であった。これは即ち、

「どうやら、知らぬうちに迷走《めいそう》の呪《のろ》いをかけられていたようですね」

「迷走の呪い、ですか？」

「ええ。主に、こうした入り組んだ森の中などで使用される呪詛《じゅそ》魔法の一つです。仕掛《しか》けた対象の方向感覚を狂《くる》わせ、同じ場所を延々と徘徊《はいかい》させ、最後は餓死《がし》へと至らせる。そういう魔法、なのですが」

やはり、魔力の反応が一切なかった。

よもや、この俺にさえ気付かせぬほど、魔力反応を抑《おさ》え込むのが上手《うま》い者がいるとでも？

古代世界にも、それほどの手練《てだ》れは皆無であったが……

いずれにせよ、現状に対応せねばなるまい。

俺は解除の魔法を全員にかけ、呪詛を無力化すると、再び森の中を歩き出した。

それから、数分後のことである。

「……ふむ。これは実に、興味深い状況ですね」

我々は再び、あの白骨死体の前へと帰ってきたのだった。

「ど、どういうこと……？　か、解除の魔法が、効かなかったの……？」

「その可能性もありますし、そうでない可能性もあります。いずれにせよ……不可解と言わざるを得ませんね」

解除の魔法は確かに発動した。が、結果はこれだ。

あまりにも奇妙《きみよう》な状況に、さしもの俺も首を傾《かし》げるしかない。

「ア、アードでさえ、解除できない呪詛……」

「そ、そんなものが、存在するだなんて……」

焦燥感《しようそうかん》を募《つの》らせる二人だが……俺からしてみれば、なぜそうも焦《あせ》るのか、理解しがたかった。

「ご安心ください。確かに、現状は不可思議ではありますが、それだけのことです。打開不可能ではありません」

「えっ。な、なにか手があるの？」

「ええ。実にシンプルで、簡単なことですよ」

イリーナに微笑《びしょう》を返しながら、静かに呟《つぶや》く。

「迷走の呪いが解けぬなら、どうあっても迷わぬ状況を作ればいい」

そして――俺は、攻撃《こうげき》魔法を発動した。

我々を囲むように、一六の魔法陣《じん》が展開する。

次の瞬間、陣から灼熱《しゃくねつ》を伴《ともな》う紅《あか》き光線が放たれ、瞬《また》く間《ま》に森を焼き払《はら》っていく。

「なるほどっ！　森で迷うなら、森そのものを消してしまえばいいってわけねっ！」

「さすがアード君！　その発想はありませんでした！」

二人の称賛《しょうさん》の声。

その中に。

『この人は、違うかも』

聞き覚えのない声を耳にして、俺は瞬時に探知の魔法を発動する。

だが、やはり魔力反応はない。先刻の声は、空耳だったのだろうか……？

妙《みょう》な違和《いわ》感《かん》を覚え、眉《まゆ》をひそめる。

その直後のことだった。

第六感が危機を知らせてくる。刹那《せつな》、俺は無意識のうちに魔法陣を消して、後方へ跳躍《ちょうやく》。

そうしつつ、イリーナとジニーに風の魔法を用いてその身を持ち上げ、こちらと同じ場所へ移動させる。

「えっ」

突然の動作に驚《おどろ》きを見せるイリーナ達。

それからすぐ、今し方まで我々が立っていた地面が隆起《りゅうき》し——

『ゴァアアアアアアアアアアアアアアッ！』

土塊《つちくれ》を豪快《ごうかい》に飛ばしながら、巨大《きょだい》な芋虫《いもむし》型の魔物が飛び出してくる。

開かれた気持ちの悪い口腔《こうこう》には、ビッシリと鋭《するど》い牙《きば》が並んでおり、あと一瞬跳《と》ぶのが遅《おそ》ければ、我々はあの口内へと飲み込まれていただろう。

もっとも、そうなっていたところで、どうということもないのだが。

「丸呑《まるの》みされて喜ぶ趣味《しゅみ》もなければ……昆虫《こんちゅう》好きというわけでもない。むしろ、私は虫が嫌《きら》いなのですよ」

誰《だれ》に言うでもなく、己《おのれ》の中に生じた敵方への嫌悪《けんお》を呟くと、

「その姿は目に毒、ですので。早急に始末させていただく」

先刻の奇襲《きしゅう》により、消滅《しょうめつ》させていた魔法陣。それを再び展開させ、あらん限りの灼熱を

眼前の魔物へと放つ。

『ゲギャアアアアアアアアアアッ！』

奴《やつ》は避《よ》けることもなく、あっさりと超《ちょう》高熱の中に身を晒《さら》し、そして、その姿を消失させた。……妙だな、いくら低脳な魔物とはいえ、回避《かいひ》ぐらいは容易だったはずだが。

そうした疑問を感じてからすぐ、俺はことの真相を理解した。

先刻の魔物は囮《おとり》だったのだろう。

本命は……

『ギシャアアアアアアアアアア』

こいつ。いつの間にか我々のすぐ横に接近していた、ゴブリン・シャーマンである。

長い葉や草などで仮装し、杖《つえ》など構えている小鬼《こおに》。

奴の叫《さけ》びが轟《とどろ》いたその瞬間《しゅんかん》。

「あ、あれ……？　か、体、が……！」

「う、動きま、せん……！」

俺もイリーナやジニーと同様であった。

「ふむ。これは実に興味深い。身体麻痺《まひ》ではなく……身体時間の停止魔法ですか。私からすれば低級とはいえ、時間操作系統の魔法を、まさかゴブリンが扱《あつか》うとは」

「じ、時間操作魔法……!?」

目を見開き、驚きを体現するイリーナ。無理もないか。時に関する魔法はこの時代にお
けるメジャーな《不可能技術《ロスト・スキル》》である。古代においても、それを扱える者は少なかった。

時間操作魔法はどういったものであれ、極《きわ》めて強大な力であり、それを扱える者こそが
最強の魔導士《まどうし》だと言われてきた。

即《すなわ》ち――当時、最強であったこの俺が、こんな程度の時間操作魔法に屈《くっ》するわけもない。

「《フレア》」

身動きのとれぬ二人を尻目《しりめ》に、俺は平然と腕《うで》を動作させ、ゴブリンを指差す。

その指先に魔法陣が顕現《けんげん》し、紅蓮《ぐれん》の柱が一直線に伸《の》びた。

『ギャッ!?』

瞠目《どうもく》したゴブリンが、慌《あわ》てて真横へ跳《と》び、熱線から身を守る。

「ふむ。見た目通り、すばしっこいですね」

感心する俺に、イリーナが目を丸くした。

「さ、さすがアードだわ。時間が止まってるのに、動けるだなんて」

「いや。動いているわけではありませんよ？　正確には、動かしてもらっているのです」

「……えっ？」

意味がわからないとばかりに首を傾げるイリーナへ、俺は説明を返す。

「時間操作魔法は、その名が示すような内容ではありません。対象の霊体に干渉《かんしょう》し、時間を止めたり巻き戻《もど》したりしているように見せる。そういう魔法です。その対策法は極めて単純。己の霊体を複数に分裂《ぶんれつ》させ、干渉を受けていない霊体に体を操作させる。これだけで時間操作魔法は完封《かんぷう》することができます」

「……なに言ってるのかさっぱりだけど、とりあえずアードが凄《すご》いってことだけはわかったわっ！」

「右に同じですっ！　アード君ハンパないっ！」

俺からすれば、かなりわかりやすい説明だったのだが。まぁ、理解できないならしょうがない。今はそんなことよりも、

「終わらせましょうか。まさかまさか、貴方《あなた》の口から敵の情報が聞けるとも――」

思えない。そう口にしようとした、直前。

『強い。強い。あなたなら、きっと』

ゴブリンの口から、流麗《りゅうれい》な声が紡ぎ出された。

想定外の状況《じょうきょう》に、僅《わず》かながら動揺《どうよう》が広がる。と、次の瞬間、ゴブリンの体が光の粒子《りゅうし》となって弾《はじ》け、それらが一つの塊《かたまり》を成していく。

出来上がったのは、こぶし大サイズの、光の塊。球体状のそれには羽に似た部位がある。

その姿に見覚えなどない。だが、脳内に自然と、ある言葉が浮《う》かぶ。

『凄い。凄い。この人、凄いね』

別の場所から、声が響《ひび》く。そちらを見やると、ついさっき芋虫型の魔物がいた場所から、
羽付きの光球が浮かび上がっていた。

「貴方達は、まさか……精霊《せいれい》、ですか？」

二つの光球は、肯定《こうてい》を示すように明滅《めいめつ》を繰《く》り返し、

『そう。そう』

『その通り。その通り』

『人間の味方。お友達』

『いつもあなたの傍《そば》に。可愛《かわい》らしい、精霊ちゃん』

精霊。その言葉を受けて、俺はこれまでの不可解な状況に納得《なっとく》を覚えた。

「なるほど。どうりで、魔力の反応がないわけだ」

精霊は魔法に似た力を使う。そう、あくまでも似た力であり、別物だ。

その異能は魔力とは全く異なるエネルギーを用いて発動するという。ゆえに魔力の反応
など、あろうはずもない。

また、精霊には魔力がないため、魔力反応で存在を探知することも不可能。ダンジョンの内部でなんら手がかりを得られなかったのは、それが原因であろう。

「ていうかさ。精霊って確か、超古代に滅《ほろ》んだ存在、よね？」

イリーナが目を丸くしながら呟く。

「オリヴィア様が、授業中に語っておられましたわね。《旧き神《ふる》》が滅んだとき、精霊もまたその姿を消したとか」

二人の言う通り、精霊とは我々にとって、滅び去った存在である。

文献《ぶんけん》によると、前世の俺が活動していた時代、古代世界よりも前の時代を超古代と呼び、精霊達はその超古代における世界の支配者達……《旧き神》によって創《つく》り出された特殊生《とくしゅ》命体であるという。彼または彼女等は人々の生活を様々な形でサポートし、人類のよき相棒だった……らしい。

これはあくまで文献の内容でしかなく、真実は俺も知らぬ。確実にわかっていることは、精霊の主《あるじ》にして創造主たる《旧き神》がなんらかの理由で滅び去り、それと同時に精霊達もまた人々の前から姿を消した。これだけは間違《まちが》いがない。

そしてもう一つ、確かなことがある。

「神隠《かみかく》し事件を起こしていたのは、貴方達、ですね？」

二体の精霊が明滅する。心なしか、その光り方には悲哀《ひあい》が宿っているように思えた。
『そうだよ。そうだよ』
『わたし達が殺した。殺した』
『殺したくないのに、殺した』
『悲しい。悲しい』
『殺しちゃった。殺しちゃった』
『あいつに命令されたから』
『逆らいたいのに、逆らえない』
あいつ。その単語に、俺は眉をひそめた。
内心に生じた問いを言葉にして発する、よりも前に。
精霊達が、体を輝《かがや》かせながら、懇願《こんがん》してきた。
『助けて。助けて』
『もう、誰も傷付けたくない』
『大好きな人間を、もう殺したくない』
『あいつを、やっつけて』
『あなただけが、たより』

声音《こわね》に宿る悲愴《ひそう》感に、俺は同情の念を抱《いだ》く。

この一件、精霊達が下手人に違いない。だが、どうやら黒幕がいるようだ。

「貴方達が言うあいつとは、いったい何者ですか？」

『あいつは――』

精霊が答えを紡《つむ》ぐ、その途中《とちゅう》。

『畜生《ちくしょう》の分際で、創造主に盾突《たてつ》くか』

一瞬、それは地鳴りではないかと、そう思った。

それはあまりに太く、あまりに大きく、おおよそ人が出せる音ではない。

「……なるほど」

ポツリと漏《も》らした、矢先のことだった。

大地が鳴動し、立っていられないほどの揺《ゆ》れが起こる。

「きゃっ」

尻餅《しりもち》をつくイリーナ達。その足下《あしもと》から無数の蔦《つた》が飛び出て、彼女等の総身を搦《から》め捕《と》ろうとする。当然、見過ごすはずもない。風刃《ふうじん》の魔法により蔦を切断すると、俺はイリーナ、ジニーの全身を防護魔法で包んだ。

黄金色に輝く球体状の膜《まく》が彼女等を守る。それを確認《かくにん》してからすぐ、

「いやはや、今回の一件、思ったよりもスケールの大きなものだったようですね」

イリーナ達を風の魔法で上空へと持ち上げつつ、自分もまた飛行魔法を用いて上昇《じょうしょう》する。

そして、固有空間の果てである黒い壁《かべ》ギリギリの場所まで飛ぶと――

我々がさっきまで立っていた場所。その真実が明らかとなった。

「な、なによ、あれ……!?」

目玉が飛び出んばかりに、イリーナが仰天《ぎょうてん》している。ジニーも同じだった。

当然の反応ではある。目前の光景は、それだけの驚《おどろ》きを覚えても無理からぬ真実を、明らかにしているのだ。

我々は固有空間の中にある森を進んでいたのではなく。

固有空間の中で佇《たたず》んでいた、一体の巨人《きょじん》の体表を歩いていた。

あの森は、奴《やつ》の体の一部だったのである。

「ふむ。それにしても巨大ですね。いや、巨大という言葉では足りないか」

いったいどれほどのサイズであるのか、測るのも馬鹿《ばか》馬鹿しくなる。それほどの巨体を誇《ほこ》るそいつは、岩石で出来た顔面をゆっくりとこちらに向けると、

『アード・メテオール、だったか……その命、我に差し出すがいい……』

まるで暴風のような声だった。音響《おんきょう》が突風《とっぷう》を伴《ともな》い、天に浮かぶ俺の髪《かみ》を揺らす。

乱れた髪を整えながら、俺は巨人へ問いを投げた。

「《旧き神》、その思念体とお見受けしましたが」

『その通り、だ……ちっぽけな人の子よ……』

やはり、そうか。

「なんらかの理由で滅び去った《旧き神》。その中には思念体を残し、復活を目論《もくろ》んでいる個体が存在する……そんな伝承がありましたが、まさか事実であったとは」

『そう、だ……我は一度、滅んだ……しかし、死に際《ぎわ》、思念を迷宮《めいきゅう》の内部へ残した……いずれ復活し、世界を再び、支配するために……』

まさかまさか、我が校のダンジョンに《旧き神》の思念が宿っていたとは。

なんとも凄《すさ》まじい偶然《ぐうぜん》である。そして……

そんな偶然を俺が引き当てたがゆえに、この事件は起きてしまったのだろう。

「太古よりこのダンジョンに宿っていた貴方が、ここ最近になって派手に活動し始めたのは……私が、この場に現れたから、ですか？」

問いに対し、巨大なる《旧き神》の一柱は、岩石で出来た喉《のど》から轟然《ごうぜん》とした音を出す。

それはきっと、くぐもった笑い声なのだろう。

『復活を願い、続けた……その手段、として、人間の魂《たましい》を貪《むさぼ》った……だが、いつまで経《た》っても、復活はならず……我は諦観《ていかん》に囚《とら》われたのだ……それから幾星霜《いくせいそう》……悠久《ゆうきゅう》の時を経《へ》て……我に、可能性が巡《めぐ》ってきた……』

即《すなわ》ち、この俺であろう。

『貴様の魂を、食らえば……我は再び実体を得て……世界に顕現、できる、はずだ……我の狙《ねら》い通り、貴様はのこのこと、ここへやって来た……カスのような魂だったが、役には立った、な……』

「……カスのような魂とは、犠牲《ぎせい》となった生徒のことを指しているのですか？」

『だったら……なんだ……』

心の底から、「それがどうした？」といわんばかりの声音に、俺は怒《いか》りを覚えた。

イリーナやジニーも同じだったらしい。一様に表情を硬《かた》くしている。

「取り消していただきたい。貴方が奪《うば》った命は、いずれも尊いものだった。失われていいものではなかった。彼等には未来が――」

『くだら、ぬ……人間如《ごと》きが、生意気なことを、ぬかすな……我は神……人間共は皆《みな》、我等のために、存在するのだ……その命を捧《ささ》げられて、感謝すべき、である……文句を言うなど、思い上がりも、甚《はなは》だしい……』

「……滅び去った者として潔《いさぎよ》く、人類の治世を見守る。貴方がすべきことはそれだけだと

「まさしく、愚考《ぐこう》いたしますが」

『愚考、だな……人類は、我が支配すべき、存在……人類という名の、家畜《かちく》は……この、神によって、支配され……搾取《さくしゅ》される……それが、摂理《せつり》というものだ……貴様等、下等生物は……我々のために生き、そして死ぬ……それが貴様等の、幸福であろう……』

なるほど。

どうやら、わかり合うことはできそうにないな。

「私は人類至上主義に近い考え、でしてね。貴方のような傲慢《ごうまん》すぎる超越者《ちょうえつ》が、人類を奴《ど》隷《れい》のように扱《あつか》う世界、というのは……想像しただけで虫酸《むしず》が走る」

ゆえに。

俺は《旧き神》の思念体を指差しながら、宣言した。

「このアード・メテオールが、貴方に引導を渡《わた》して差し上げましょう」

瞬間《しゅんかん》、《旧き神》の口から猛烈《もうれつ》な轟音《ごうおん》と突風が放たれた。

哄笑《こうしょう》である。目前の巨人が、こちらの発言を嘲《あざけ》っている。

『愚物が……我は、神ぞ……下等生物が、デカい口を、叩《たた》くでないわ……！』

そして。

『その魂、早急に……寄こせ……！』

敵意を感じ取ってすぐ、俺はイリーナとジニーを守護する魔法《まほう》を何重にも分厚くし、それから遠く離《はな》れた場所へと避難《ひなん》させた。

刹那《せつな》──

巨大なる《旧き神》の全身が紅《あか》く煌《きら》めいたかと思うと、こちらの視界が真紅《しんく》に染め尽《つ》くされた。

熱を感じる。おそらく攻撃《こうげき》を受けたのだろう。

やはり魔力の反応はない。これが《旧き神》の力か。

灼熱《しゃくねつ》に晒《さら》されたこの体は、気付けば半身のほとんどが消し飛んでいた。

けれども、なんら問題はない。

「《ギガ・ヒール》」

回復魔法を用いることで、瞬《またた》く間《ま》に肉体と衣服を再生する。

『ほぉ……しぶとい、な……だが……これはどうだ……』

轟々《ごうごう》とした声が発せられた直後、我が眼前に二つの光球が飛んで来た。

精霊《せいれい》である。先刻、我々に助けを求めて来た、哀《あわ》れな精霊達である。

『あ、が、あ』

『た、助、け……』

苦しみもがくような声音。その直後。

精霊達の煌めく体が膨張《ぼうちょう》し、視界が白一色に染まった。

どうやら、精霊を爆発《ばくはつ》させたらしい。その威力《いりょく》たるや凄まじく、もしここが現実世界であったなら、街の一つや二つは消し飛んでいてもおかしくはなかろう。

とはいえ。

この俺を仕留めるには、あまりに貧弱な一撃であったが。

『頑丈《がんじょう》な、奴だ……しかし、そう何度も……蘇生《そせい》は、できまい……』

先刻同様、一瞬で回復したこちらに対し、奴は指を差してきた。

途端《とたん》、今し方爆裂《ばくれつ》した精霊達が、再び姿を現し、

『う、うぅ』

『も、もう、やめて』

苦悶《くもん》と共に膨張し、光と熱を生み出す。

《旧《ふる》き神》にとって、それが最大の攻撃なのだろう。あるいは、こちらを侮《あなど》っているのか。

奴は何度も何度も、同じことを繰《く》り返した。

何度も何度も精霊達を蘇《よみがえ》らせては爆裂を繰り返す。

そのたび、精霊達は苦悶し、断末魔《だんまつま》を響《ひび》かせ、そして。

『助け、て』

『もう、痛いの、やだ』

『助け、て。助、けて』

『い、ぎ、いいいいいいいい』

悲痛な声を、上げ続ける。

もう、一五回目だろうか。肉体の再生を終えてから、俺は《旧き神》に問い尋《たず》ねた。

「心が痛まないのですか？　弱き者を利用し、踏《ふ》みにじり、あまつさえ、想像を絶する苦痛を与《あた》え続ける。そのような非道を繰り返すことに、なんら嫌悪《けんお》を感じないのですか？」

『なにを……馬鹿なことを……』

奴の声には、明らかな嘲りがやどっていた。

『精霊など……貴様等と同様、下等生物……畜生《ちくしょう》、あるいは、道具に過ぎぬわ……道具が痛いと叫《さけ》んだところで……なぜ、遠慮《えんりょ》する必要が、ある……？　むしろ、我に使ってもらえるのだから、感謝、すべきだ……』

……かつて《魔王》と呼ばれし頃《ころ》。俺は幾度《いくど》となく、傲慢さを咎《とが》められたことがある。

しかしながら、当時の俺もこれほどではなかっただろう。

「言っても無駄《むだ》、でしょうが。世の生命に上下関係などありません。生命とは皆等しく、尊いもの。それを道具扱いするなど、言語道断」

『下等生物の、物差しで……我を、測るな……我は、神であるぞ……』

「神？　私には到底《とうてい》、そうは見えませんが。私からすれば貴方《あなた》など、力に溺《おぼ》れた間抜《まぬ》けな子供と同じですよ」

鼻で笑ってやる。と、どうやら、かなり効いたらしい。

『我を、嘲り、おったな……！　畜生の分際で……！』

明確な怒りを放つ《旧き神》。

そして奴は、再び精霊を爆裂させんと、こちらを指差す。

『う、ぁ……！』

『ぎ、ぃ……！』

苦悶と共に、爆裂。桁外《けたはず》れの衝撃《しょうげき》と熱量だが、しかし、やはり俺には通じない。

そうした状況《じょうきょう》にしびれを切らしたか、あるいは、焦燥《しょうそう》したのだろうか。

『ふん……ムシケラの、分際で……よく、粘《ねば》る……だが……』

奴の岩石で出来た顔面が、その瞬間、ニヤリと笑ったように見えた。

『こっちの方は、どう、だ……』

言葉の意図は瞬時に把握《はあく》することができた。

その矢先である。黄金色の防壁《ぼうへき》に包まれながら、宙に浮《う》かぶイリーナとジニー、彼女等の傍《そば》に異次元の穴が開き──雷光《らいこう》が奔《はし》る。

当然だが、この程度の行動は想定の範疇《はんちゅう》であった。ゆえに対処など容易《たやす》い、というか、対処の必要さえない。あの程度の攻撃であれば、防壁に傷も付かぬだろう。

しかし。

『させ、ない……！』

精霊達には、違《ちが》う解釈《かいしゃく》であったらしい。二体の煌めく光球が雷撃《らいげき》を上回る速度で躍動《やくどう》し、イリーナ達のもとへ向かうと、輝《かがや》く巨大《きょだい》な盾《たて》となり、彼女等を守った。

『ぐ、うぅ……！』

雷撃をまともに食らった精霊達が、悶絶《もんぜつ》したように声を漏《も》らす。

「あ、あんた達……！」

「な、なんで……!?」

瞠目《どうもく》しながら、精霊達に呼びかける二人。その問いに、二体の光球は途切《とぎ》れ途切れだが、明確な答えを返した。

『もう、人間が傷つく姿は』

『見たく、ない』

『もう、誰《だれ》も』

『傷付けさせたり、しない』

それは即ち、自分達の主《あるじ》への造反を意味していた。

《旧き神》は自らの従僕《じゅうぼく》の意志に、全身をわなわなと震《ふる》わせ、地鳴りのような音を響かせながら、

『創造主に、盾突《たてつ》くんじゃ、ない……！　道具の、分際でぇ……！』

精霊達を指差す。と、二体の光球が膨《ふく》れあがり、爆裂――する直前。

『い、や、だ……！』

『わたし、達は……人間の、味方……！』

精霊達が、屈強《くっきょう》な意志で以《もっ》て、創造主に逆らう。

それはきっと、ありえぬ状況なのだろう。心なしか、《旧き神》が放つ雰囲気《ふんいき》に当惑《とうわく》が混ざったように思えた。

『こ、の……！　道具、が自己を主張する、など……！』

苛立《いらだ》った声を放つ《旧き神》。その指先から発せられる念のようなものが一層強くなる。

同時に、精霊達が苦悶し、膨張が再開された。

『道具は……命令を、聞いていれば、よいのだ……！』

憎《にく》らしげな声音《こわね》と共に、奴《やつ》は精霊達の思いを踏みにじる。

人々を愛する者達に、人を殺せと強要し続けた、《旧き神》。

奴の命令に精霊達が屈《くつ》するという、その瞬間。

「私が、目前の悲劇を許容するとでも？」

精霊達の膨張が、停止した。

『な、なぜだ……!?』

精霊達は今なおイリーナ達の近くに浮かび、存在し続けている。

爆裂の雰囲気は、ない。

そうした現状に、当人達も全身を明滅《めいめつ》させ、当惑を示している。

『ぬう……！　なんだ……！　どう、なっている……！』

苛立った声を放つ《旧き神》に、俺は微笑《びしよう》を浮かべながら、その答えをくれてやった。

「貴方はもはや、なんの力も使えませんよ。貴方が有する力は既《すで》に解析《かいせき》し、支配下に置いておりますので」

『な、に……!?』

岩石で出来た顔面には、なんの表情も浮かばない。だが、俺の目には奴が、動揺《どうよう》しているように見えた。

そんな《旧き神》を上空から見下ろしつつ、俺は言葉を紡《つむ》ぎ出す。

「私には生まれつき、特殊《とくしゅ》な力が宿っておりましてね。それは、解析と支配。森羅万象《しんらばんしょう》を解析し、あらゆる概念《がいねん》を自らの支配下に置く。この力を用いて、私は先程《さきほど》から、貴方の力を解析し続けていた。その結果……貴方は今や、単なる木偶《でく》の坊《ぼう》に変わったのですよ」

奴はおそらく、俺のことを圧倒《あっとう》していると、勘違《かんちが》いしていただろう。

蘇生が精一杯《せいいっぱい》で、反撃するいとまさえない。

自分が圧倒的に上。こちらは下。

そうした状況であると、誤解していたのだろう。

自分が無能に成り下がりつつあるとは、つゆ知らず。

『馬鹿《ばか》、な……！　こん、な……！』

力を使おうとしているのだろうが、無駄だ。我が異能の力により、奴は全《すべ》ての力を封《ふう》じられている。もはや先刻のように精霊を爆裂させることも、最初の攻撃《こうげき》のように灼熱を浴びせかけることも、できはしない。

『あり、えぬ……！　我は、神……！　神が、人間如《ごと》きに……！』

「私からすれば、逆ですがね」

て。
唇《くちびる》を笑《え》みの形に持ち上げながら、俺はポツリと呟《つぶや》いた。
「神如きが、私に勝てるとでも？」
俺の言葉を聞いてか、聞かずか。奴はしばらく地鳴りのような唸《うな》り声を上げ続け、そし
『我は、神だ……！　この世を統《す》べる、尊き存在の、一柱……！　それが……それが！
畜生如《ちくしょうごと》きに、敗れるわけがないッッッ！』
鼓膜《こまく》が破れんばかりの大轟音《ごうおん》を発しながら、奴はその巨体《きょたい》を躍動させた。
目算するのも馬鹿馬鹿しくなるような巨大すぎる体が、猛然《もうぜん》と迫《せま》ってくる。
『我が力に、ひれ伏《ふ》せぇッ！　ムシケラがぁあああああああああああああッ！』
人間が小バエを叩《たた》くように、奴はその巨大すぎる拳《こぶし》を振《ふ》るってきた。
「ムシケラ。はは、ムシケラ、ですか」
すうっ、と瞳《ひとみ》を細め、俺は鋭《するど》く声を放った。
「それは貴様だ。この愚《おろ》か者が」
攻撃魔法《まほう》を発動する。
焔《ほのお》と風の属性を複合させた、焔刃《えんじん》を召喚《しょうかん》する魔法。
我が手中にて顕現《けんげん》した魔法陣《じん》が、数瞬《すうしゅん》後には炎熱《えんねつ》の剣《けん》を形成し……

その刀身が、一瞬にして、ド外れたサイズへと巨大化する。

「虚無《きょむ》へと帰るがいい。前時代の亡霊《ぼうれい》よ」

そして、俺は迫り来る山のような拳をヒラリと躱《かわ》し――

その拳ごと、《旧き神》の巨体を両断した。

『ぐ、あ……！　こ、こん、な……馬鹿、な……！　この、我が……！　万物の頂点たる、この我が……！』

致命の一撃が、思念体の存在維持《いじ》を困難にさせたか。

《旧き神》の巨体が、瞬《また》く間《ま》に光の粒子《りゅうし》となって消えていく。

『ぐ、お、おおおおおおッ！　これで、終わったと思うな……！　まだ、我はッ……！』

「やれやれ。傲慢《ごうまん》を極《きわ》めた者は、どうしてこう、同じようなことばかり言うのだろうな」

嘆息《たんそく》し、それから、俺は奴に宣言した。

かつて、《魔王》と呼ばれていた頃《ころ》のように。

「貴様が幾度蘇《よみがえ》ろうとも。幾度謀《はかりごと》をめぐらせようとも――」

「この俺が、何度でも滅《ほろ》ぼしてやる」

◇◆◇

《旧き神《ふる》》の思念体が完全消失してからすぐ、視界に映る光景が一変した。

石造りの空間。ダンジョン内の一室である。

「これで一件落着ねっ！」

「今回もアード君は凄《すご》かったですね～」

二人が口々に言い合う。そんな中。

我々の目前に、煌《きら》めく光球が現れた。

精霊《せいれい》達である。《旧き神》から解放されたからか、雰囲気が明るいように思えた。

『ありがとう。ありがとう』

『これで、全部終わり』

そう述べると……精霊達の体が、キラキラと輝き、やがて消失しはじめた。

「えっ、ちょっ、ど、どうなってんのよ」

「おそらく、《旧き神》の思念体が消失したことが原因でしょう。彼がいなくなれば、精霊達も……」

俺の推測を肯定《こうてい》するように、精霊達が明滅を繰《く》り返す。

「そ、そんな……！　そんなのって、あんまりよ！　やっと嫌《いや》な奴から解放されたのに！」

悲しげに顔を歪《ゆが》ませるイリーナ。ジニーもまた、複雑げな様子だった。

けれども、精霊達は全てを受け入れているようだ。

『これで、いい』

『わたし達は、人間を、殺した』

『大好きな人間を、殺した』

『償《つぐな》わなきゃいけない』

「それは全部、《旧き神》にやらされたことでしょ！　あんた達は何も悪くないわ！　それに……あんた達はあのとき、あたし達を守ろうとしてくれたじゃないのっ！　あいつに逆らってまで！　そんな優《やさ》しいあんた達が消えちゃうだなんてっ！」

ほとんど消失寸前といった精霊達に、イリーナは大きな瞳を涙《なみだ》で濡《ぬ》らす。

そんな彼女を好ましく思ったのか、精霊達は温かな光を放ちながら、

『もし、叶《かな》うなら』

『もっと、人間達とお喋《しゃべ》りしたかった』

『人間と遊びたかった』

『人間の笑顔が見たかった』

『……あなた達と、過ごしてみたかった』

これが末期《まつご》の言葉だと、そういわんばかりの声音。イリーナも、ジニーも。そして当の精霊達も、消失という未来を確信している。

そんな状況《じょうきょう》の中。

「イリーナさんがおっしゃる通り、今回の一件において悪がいるとしたなら、それは《旧き神》の思念体でしょう。貴方達《あなた》はなんら気に病《や》む必要はない。ゆえに──」

俺は微笑しながら、場にいる者全員が望む未来を、口にした。

「先程、貴方達が口にした願い。私が叶えて差し上げましょう」

◇◆◇

後日。ラーヴィル国立魔法学園、朝のホームルームにて。

「本日から、二人の生徒が我がクラスに加わることになった」

オリヴィアがいつものムッツリ顔で紹介《しょうかい》したのは、二人の女子生徒。

可憐《かれん》な容姿の、双子《ふたご》であった。

「わたしは、ルミ」

「わたしは、ラミ」

「皆《みんな》、よろしく、ね」

　声を揃《そろ》え、魅惑《みわく》的な笑顔を浮《う》かべる双子の少女。愛らしい彼女等に、男子達は早速《さっそく》魅了《みりょう》されたらしい。

「マジで可愛《かわい》いな、あの二人」

「双子ってところもポイント高いわ」

「片方と付き合ったらもう片方と……ぐへへ、妄想《もうそう》が止まんねぇ」

　などなど、大いに盛り上がっていたのだが。

「自己紹介は済んだな。では席へ――」

「パパ～～～～！」

「ちゃんとあいさつできたよ～～～～！」

　オリヴィアの声を遮《さえぎ》りながら、ルミとラミ……もとい、人間に生まれ変わった精霊達が、こちらへと駆《か》け寄ってくる。

「褒《ほ》めて褒めて～～～～」

「撫《な》でて撫でて～～～～」

愛らしい子犬のように、華奢《きゃしゃ》な体をすり寄せてくる。そんな様子に、男子達は。

「……アードの野郎《やろう》、死ねばいいのに」

「いっそもう、オレ等が殺そうか」

「昼休みに作戦会議しようぜ」

俺への殺意が半端《はんぱ》ない。どうしてこうなった。

……さておき。

二人はもはや、完全に人間である。イリーナやジニーはこれを奇蹟《きせき》などと呼んだが、俺からしてみれば特別どうということはない。

つい少し前、シルフィーがオリヴィアの芋《いも》を台無しにしたときに使ってみせた、錬成《れんせい》の魔法。アレの応用である。

錬成とは即《すなわ》ち、情報の変換《へんかん》。これを用いることで、ダンジョンの石材で肉体を創《つく》り出し、精霊の因果情報を書き換《か》え、人間の霊体へと変換。

そして、精霊から霊体へ変化した二人を肉体へ移す。

この程度のことであれば、まさしく朝飯前というやつだ。

しかし……

「お、お二人とも、離《はな》れてください」

「やだ〜〜〜」

「パパの傍《そば》にいる〜〜〜」

こちらを父と呼んでくる、元・精霊達。

「……ハッピーエンドになってすごく嬉《うれ》しいはずなのに、なんだかモヤつくのはなぜかしらね？」

「おほほほほ。さすがミス・イリーナ。その狭量《きょうりょう》さには畏敬《いけい》の念を覚えますわ〜」

「もぐもぐ……アードの手作り弁当は……もぐ……やっぱり最高だわ……」

やきもちを妬《や》くイリーナ。それを嘲笑《あざわら》うジニー。早弁するシルフィー……はどうでもいいか。

「アードってどうすりゃ死ぬのかね？」

「夜襲《やしゅう》かけても難しそうだよな」

「知り合いの暗殺者でも無理っぽい」

「まぁ、焦《あせ》らずいこう。確実に殺せる手段を皆で練ろうぜ」

本気で俺を殺そうと画策する男子達。

何者かを幸福に導くことも。巨悪《きょあく》を滅《めっ》することも。俺からすれば造作もない。

けれども。

――普《ふ》通《つう》の人間関係を構築することは、本当に難しい。

我らは愛が無き故に他者を恐れ——
その罪を断罪するが王の定め

——

新生魔王禄　信愛必救ノ巻

「やったのだわぁあああああああああっ！」

昼下がりの学園に、馬鹿《ばか》の絶叫《ぜっきょう》が木霊《こだま》す。

一学年の教室が連なる、一階の廊下《ろうか》にて。

我々は当然のこと、周囲の生徒達もまた、声の主に注目せざるを得なかった。

けれども皆《みな》すぐさま彼女から目を逸《そ》らし、壁面《へきめん》に張り出された紙面へと視線を移す。

そこに記載《きさい》されているのは、今期末の実技、座学、両テストの結果である。

生徒達は皆、己《おのれ》の点数と順位を知り、一喜《いっき》一憂《いちゆう》しているわけだが……

そんな中、シルフィーは両手を突《つ》き上げたまま感動の涙《なみだ》を流していた。

まるで天下でも取ったような様子の彼女に、イリーナとジニーが眉《まゆ》をひそめながら言う。

「いや。やったー、って……どこが？」

「ミス・シルフィー。今期も貴女《あなた》、ぶっちぎりの学年最下位じゃありませんか」

そう。我等が天性のトラブルメーカーにして、天才的な馬鹿ことシルフィー・メルヘヴンは、今期もまた座学において全科目二〇点以下という前代未聞の記録を更新《こうしん》。

唯一《ゆいいつ》の取り柄《え》である戦闘《せんとう》能力に関しても、実技試験のルールを無視しまくって大騒動《そうどう》を起こしたことで、全項目《ぜんこうもく》〇点。これもまた、学園の史上最低点数を更新するものである。

けれども彼女は「ふんす！」と鼻息を吹《ふ》いて、得意満面な表情のまま、

「テストの結果なんてどうでもいいのだわ！　これ！　これ見てちょうだいっ！」

何やら差し出してくる。

それは先程《さきほど》からずっと右手に握《にぎ》り締《し》めていた、週刊娯楽誌《ごらくし》だった。

昨今、印刷技術の発展はめざましく、それに伴《とも》なって民衆の娯楽にも変化が現れている。

定期刊行の雑誌はまさに、その代表例といえよう。

シルフィーが差し出したそれは女性に人気の娯楽誌で、恋愛《れんあい》小説や舞台《ぶたい》俳優達のゴシップなどが中心となっている。

だが彼女が開いていたページは——

「今週の星占《ほしうらな》い！　ようやくアタシの生まれ星が一位になったのだわっ！」

この国では生まれた月日によって、生まれ星というものが決まる。その名は天に浮《う》かぶ星々の中から付けられ……シルフィーの生まれ星は確か、獅子王星《ししおうせい》だったか。

「毎回毎回、獅子王星は最低だとか！　生まれてきたことを後悔《こうかい》しますとか！　さんざんだったけどっ！　ここで満を持しての最上位っ！　今週、獅子王星の女子は運気最高っ！　ついにアタシの時代がやってきたのだわっ！　うはははっ！」

薄《うす》い胸を張って高笑いするシルフィーだが、どうあってもテストは最下位である。

もうこの時点で運気最高とは言えんだろう。

「ちなみにっ！　イリーナ姐《あね》さんとジニーも中々な運勢になってるみたいだわっ！　アード第二位っ！　アタシには劣《おと》るけど、それでも今週は絶好調って書いてあるわよっ！」

「う〜ん、なんだかそう言われると」

「悪い気はいたしませんわねぇ」

片手を頬《ほお》にあて、微苦笑《びくしょう》する二人。

まぁ、確かに悪い気はしない。

けれども、星占いなど当たるも八卦《はっけ》、当たらぬも八卦。

そもそもの問題、星占いは天文学を基礎《きそ》とした占いである。即《すなわ》ち、星の並び様で運勢を占うというものだ。であれば——

と、考える最中のことだった。

「へぇ。貴方《あなた》も星占いなんか信じるのねぇ？　アード・メテオール」

どこか嫌味《いやみ》を含《ふく》んだ声。

その主は……我がクラスの女子、ヴェロニカ・フォン・ヴェルグ・ド・ファルメスであった。フォン・ヴェルグの名は、彼女が最上位の貴族、公爵家《こうしやく》の令嬢《れいじよう》であることを意味している。

三つ編みにした美しい金髪《きんぱつ》と、気の強そうな顔立ちが特徴的《とくちょう》。

そんなヴェロニカは口元に冷笑を湛《たた》えながら言葉を紡《つむ》ぐ。

「所詮《しょせん》、貴方も人間ってことよねぇ？　しょうもない占いの結果に一喜一憂するだなんて。まったく、笑っちゃうわ」

こちらを嘲笑《あざわら》うヴェロニカの目には、強烈《きょうれつ》な対抗心《たいこうしん》が宿っていた。

そうした彼女の態度が気に食わなかったのか、イリーナが顔を真っ赤にさせて叫《さけ》ぶ。

「なによあんた！　感じ悪いわねっ！」

「あら？　そこに居るのは男爵《だんしゃく》家の三下さんじゃないの。ええっと確か名前は……メレーナだっけ？」

「イリーナよっ！」

「ごめんあそばせ。わたし、眼中にない相手の名前は覚えられないの」

ヴェロニカの嘲笑《ちょうしょう》を受けてことさら怒《いか》りを強めたか、イリーナの目が吊《つ》り上がる。

けれどもヴェロニカは、イリーナの鋭《するど》い視線を歯牙《しが》にもかけず、

「アード・メテオール。今回の期末テストは貴方の勝ちだけれど……調子に乗らないでちょうだいね？　わたしにとっては今週末の父兄参観が本番だから」

「はぁ。左様にございますか」

ヴェロニカの言う通り、今週末には父兄参観……という名の特別授業がある。

そこで我々は親御《おやご》が見守る中、一対一の魔法《まほう》戦を披露《ひろう》するのだ。

対戦の組み合わせは事前に決められており、俺の相手がこの、目前に立つヴェロニカであった。

「今のうちにナンバーワンの椅子《いす》を堪能《たんのう》し尽《つ》くしておくことね。今週末以降、貴方は二度とその椅子に座れないのだから」

そう宣言すると、彼女は高笑いしながら去って行った。

その背中をイリーナはジッと睨《にら》み続け、

「ふんっ！　あんなのがアードに勝つだなんて、天地がひっくり返ってもありえないわっ！」

「同意いたしますわ～。ミス・ヴェロニカがアード君に宣戦布告だなんて、一億年は早いというもの」

目を眇《すが》めて不快感をあらわにする二人。

その一方で、シルフィーは別の考えを抱《いだ》いていたようだ。

「ヴェロニカって、あんな奴《やつ》だったたっけ？」

「……言われてみれば」

「彼女は目立たない生徒、でしたわね。問題行動を起こすこともなく、アード君に群がることもなく。いつも一人で、ずっと勉学に勤《いそ》しんでるような生徒、だったはず」

そう、ヴェロニカは決して目立たぬ、努力が取り柄の秀才《しゅうさい》だった。

努力家ゆえ、座学においては常に学年トップクラスを維持《いじ》してはいるが、反面、実技に関しては中堅《ちゅうけん》どまり。

こういう言い方はしたくないのだが……公爵家としては、落ちこぼれの部類に入る。

それが今や座学だけでなく、実技さえも学年二位だ。

「……この急成長ぶり、何か臭《にお》いますね」

そう呟《つぶや》いた瞬間《しゅんかん》。

天井《てんじょう》の隅《すみ》に設置された魔導音響《まどうおんきょう》装置が、学内にある女の声を響《ひび》かせた。

『オリヴィア・ヴェル・ヴァインだ。アード・メテオールに伝達。至急、職員室へ来い。繰《く》り返す。オリヴィア・ヴェル・ヴァインからアード・メテオールに伝達。至急――』

厳然とした美声を受けて、俺はやれやれと肩《かた》を竦《すく》めた。

「……さて、今回はどういった面倒《めんどう》ごとを依頼《いらい》されるのやら」

◇
◆
◇

その後、すぐに我々は職員室へと移動し、放送主に対面した。

オリヴィア。獣人族《じゆうじん》特有の黒い獣耳《けもの》と尻尾《しっぽ》が特徴の、我が姉貴分。

冷然とした美貌《びぼう》を誇《ほこ》る彼女は、学園の講師であると同時に、元・四天王という側面を持つ。

そんな彼女は開口一番、

「ヴェロニカという生徒は知っているな？」

なんの偶然《ぐうぜん》だろうか。先刻、我々が気にしていた生徒の名が、彼女の口から出てきた。

運命的な巡《めぐ》り合わせを感じつつ、俺は首肯《しゅこう》を返す。

「貴様等も承知の通り、奴は目立つ生徒ではなかった。しかし……ここ最近、急激に実力を伸《の》ばし、今や学年の二番手だ」

「ふむ。教え子の成長を喜ぶよりも前に、疑念が高まってしまう、と？」

「……そうだ。奴の成長ぶりはあまりにも急すぎる。座学だけならば疑念はない。努力次《し》第《だい》でいくらでも伸びるからな。しかし実技は違《ちが》う。これほどの急成長はありえん」

「……その点に関しましては、私も疑問を抱いておりました。何かよからぬものが彼女に接触《せっしょく》したのではないか、と」

「そうか。ならば話は早い。奴の身辺を調査し、不審《ふしん》な点があれば片を付けろ」

首肯を返し、職員室を出ようとする……のだが。

その前に、シルフィーがオリヴィアに週刊娯楽誌を突《つ》きつけながら、

「見なさいオリヴィア！　アンタの運勢、今週は最低だってさ！　ぷぷっ！　せいぜい気を付けるといいのだわっ！　最下位のオリヴィアっ！　ぷぷぷっ！」

「……ふん。何が星占いだ、馬鹿馬鹿《ばか》しい」

「ぷぷぅ〜。そんなふうに強がってるけど、内心ショックなんじゃないの〜？」

「……星占いなど所詮デタラメだ。そんなものを信じるのはよほどの――」

大馬鹿者、とでも言おうとしたのだろう。

だがその直前。


ドガァアアアアアアアアアンッ！

なんの前触《まえぶ》れもなく爆発音《ばくはつ》が響き渡《わた》り、衝撃《しょうげき》が室内を揺《ゆ》らす。

音の感覚からして、発生源は屋上であろうか。

となると……オリヴィアも、現状を察したらしい。

「ふ、ふふ。ふふふふふ」

輝《かがや》くような笑顔《えがお》を見せた。

なにせ屋上には、こいつの芋畑《いもばたけ》があるのだから。

「ふははは。おそらく今頃《いまごろ》、わたしの愛する芋達は真っ黒焦《こ》げになっているのだろうなぁ？　シルフィー、貴様が仕掛《しか》けやがったトラップ魔法のおかげでなぁ？」

「い、いや、その」

「ところでシルフィー。貴様の運勢はどうだったぁ？」

「い、一応、ナンバーワン、だったけど」

「そうかそうか。ならばやはり、星占《ほしうらな》いなどアテにはならんなぁ～」

スッと彼女が立ち上がった瞬間、シルフィーは反射的に身を翻《ひるがえ》したのだが……

「だわぁっ!?」

今のオリヴィアから、逃《に》げられるわけもない。

首根っこを摑《つか》まれ、瞬《またた》く間《ま》に捕《と》らえられてしまった。

「今回は学年最下位も記念して、いつもより気合い入れてやっちゃうぞ♪」

素敵《すてき》過ぎる笑顔を浮《う》かべながら、ズルズルとシルフィーを引きずっていくオリヴィア。

「た、助けてぇぇぇぇぇぇぇぇぇぇぇぇぇ！」

どこぞへと連れて行かれるシルフィーへ、俺達は冷たい視線を送るのみだった——

◇◆◇

時は過ぎ、放課後。

皆《みな》が寮《りょう》、あるいは自宅へと帰る中、我々は行動を開始した。

ヴェロニカの尾行《びこう》である。

彼女は自宅から学園に通っているらしく、寮には行かず、校門を抜《ぬ》けた。

「どこかに寄ったりするのかしら？」

「《魔族》が関《かか》わっているなら、十中八九そうなりそうですが」

あとをつけながら話し合うイリーナとジニー。

「あばばばば……星が……星が飛び散ってるのだわ……」

オリヴィアの折檻《せっかん》により、いつも以上にポンコツ化しているシルフィー。

とにかく、我々は決して標的に悟《さと》られぬよう、追跡《ついせき》を続行する。

ある地点でヴェロニカが馬車に乗り込んだときは、すわイリーナ達の推測通りかとも思ったのだが……彼女が向かった先は、自宅と思《おぼ》しき豪邸《ごうてい》であった。

公爵《こうしやく》家の屋敷《やしき》なだけあって、その造りは極《きわ》めて豪奢《ごうしや》。

広々とした庭は巨大《きょだい》な門と番兵によって、外界と隔絶《かくぜつ》されており……我々の追跡も、ここまでとなった。

「どこにも寄らなかったってことは……シロって判断していいのかしら？」

「さすがにそれは短絡《たんらく》的ですわ。本日はたまたまそうしなかっただけ、かもしれませんし、あるいは、家庭内に何か問題があるのかもしれません。例えば、ご家族のどなたかが操《あやつ》られている、とか」

「い、言われてみれば、その線もあるわよね。でも……どうやって家の中を確認《かくにん》するの？潜入《せんにゆう》でもする？」

イリーナの問いに、俺は首を横へ振《ふ》った。

「いえ、屋敷へ入る必要はありません。皆さんちょっとこちらへ」

人目を避《さ》けるべく、俺は三人と共に裏道へと移動した。

そして、ある魔法を発動。

我々の目前に複雑な幾何学《きかがく》模様、魔法陣《まほうじん》が顕現《けんげん》し……すぐさま、それが大鏡へと変貌《へんぼう》する。

宙に浮かぶそれを見て、イリーナが首を傾《かし》げた。

「な、なにこれ？」

「遠望の魔法にございます。これを用いることで、ヴェロニカ嬢《じょう》の私生活を覗《のぞ》かせていただきましょう」

言い終えると同時に、大鏡がヴェロニカの姿を映し出した。

広々とした玄関《げんかん》ルームで侍女《じじょ》に迎《むか》えられている。鞄《かばん》を預け、自室へ向かうと、すぐに絢《けん》爛雅《らんみやび》な私服へ衣更《ころもが》え。ここまではまさに、貴族令嬢の放課後といった行動だ。

それから彼女は、広々とした自室に置かれた学習机について、教科書をめくり始めた。

「あたしの目には……予習復習をしてるようにしか、見えないんだけど」

「右に同じですわ。それともまさか……教科書に何か秘密でも？」

「いえ。ヴェロニカ嬢はただ予習復習をしているだけです。今のところは、ですが」

歴史学の教科書を真剣《しんけん》に見つめつつ、羊皮紙に何やら書き込んでいく。

内容を暗記するための反復だった。

《魔族》、《邪神《じゃしん》》といった不穏《ふおん》な単語も並んでいるが、しかし、問題があるようには思えない。

その姿はまさに学生の鑑《かがみ》。

公爵令嬢という立場、学年二位という現状に甘んじることなく、必死に研鑽《けんさん》を積むヴェロニカの姿勢には、好感を抱《いだ》かざるをえない。

それは少し前に彼女と採《も》めたイリーナさえも同じだったらしい。

「……ホントに努力家なのね、あいつ」

「……ここ最近の急成長は、才能が開花しただけかもしれませんわね」

俺もそう思いたいのだが。

「それですと、高慢《こうまん》な性格へと豹変《ひょうへん》したことについて説明がつきません」

「う～ん、もともとそんな感じだったんじゃないの？」

「その可能性もゼロではありません。しかし……私には何か、引っかかるのですよ」

思い当たる事柄《ことがら》が一つ。

もしやと思いつつ、俺はヴェロニカの様子を見守り続けた。

彼女はしばらく予習復習に励《はげ》んでいたが、侍女に呼ばれ、食卓《しょくたく》の場へとついた。

広々とした一室のド真ん中に置かれた長机を、家族全員で囲む。

ヴェロニカには五人の姉弟《してい》がいるようだ。

まず父と思しき男が食前の祈《いの》りを捧《ささ》げ、それに合わせて、ヴェロニカ達も両手を組み、同じ所作を行う。そうしてから、母と思しき女の一声を受けて、食事が始まる。

「どうですか、アード君？　ご家族の中に、怪《あや》しい人は？」

「一人もおりません。皆、正常そのもの。操られている方はおられないかと」

話し合いつつ、ヴェロニカ達の食事風景を注視する。

「そういえばヴェロニカ。お前、期末テストで座学だけでなく、実技でも学年二位になったらしいな」

威厳《いげん》ある父の口から、こんな言葉が出た。その途端《とたん》、ヴェロニカの顔に期待感が表れる。

褒《ほ》めてほしい、といった欲求《よっきゅう》がありありと窺《うかが》えた。

が――

「公爵家たるもの、常に一位を目指すことが肝要《かんよう》だ。それを思えば、お前はまだまだだな」

父は、ヴェロニカが欲《ほっ》する言葉を送ってはくれなかった。

「……ッ！」

先刻までの、あどけない子供のような表情が、苦悶《くもん》へと変わる。

ギリッと歯嚙《はが》みする彼女に……姉と思しき人物が、嘲笑《あざわら》うように言った。

「お父様の言う通りね。公爵家には一位の椅子《いす》だけが相応《ふさわ》しい。そこに腰《こし》を下ろしていない時点で、まだまだ実力不足よ」

「……ほざいてんじゃないわよ。わたし以下の分際で」

「あら？　何か言ったかしら？」

「……いいえ。何も」

どうやら、姉妹《しまい》間の仲はかなり悪そうだな。よく見ると姉だけでなく、妹や弟さえも、ヴェロニカに対してマイナスな視線を浴びせている。

まるで、ざまぁみろと言わんばかりに。

だが、ヴェロニカはそうした目を歯牙《しが》にもかけず、両親を見つめながら口を開いた。

「お父様。お母様。お二人もご存じの通り、今週末には父兄参観がございます。わたしの対戦相手は……アード・メテオールに決定いたしました」

「まぁ……！」

「かの大魔導士《まどうし》殿《どの》の子息か」

「ええ。今週末の父兄参観における特別授業にて、わたしは必ずやアード・メテオールを倒《たお》して御覧《ごらん》に入れます。そうしたなら――」

ここでヴェロニカは言い淀《よど》み、目を泳がせ始めた。

父は怪訝《けげん》な顔をしながら、

「どうした？」

「……いえ、なんでもございません。とにかく、わたしはお父様とお母様のご期待に、必ずや応《こた》えてみせます」

「あぁ、当然だ」

「楽しみにしているわ」

どこかヒリついた空気が漂《ただよ》う。あまり心地《ここち》のいい食事風景ではなかった。

貴族らしいと言えば、それまでではあるが。

……そうした食事を終えてからヴェロニカは入浴を済ませ、すぐさま自室へと戻《もど》って、再び予習復習に打ち込み始めた。

その最中である。

ドアがノックされ、ヴェロニカがそれに応ずる前に、何者かが部屋へ入ってくる。

彼女の姉だった。

「あらあら、今日も頑張《がんば》ってるわねぇ。無駄《むだ》な努力、お疲《つか》れさま」

食事の際よりもずっとわかりやすく、姉は醜悪《しゅうあく》な顔を見せた。

しかし、ヴェロニカはそんな姉に笑みを返し、

「その無駄な努力に貴女《あなた》は敗北したのよ、姉さん。今や家内において、このヴェロニカこそがナンバーワン。貴女なんかもう眼中にないわ」

悠然《ゆうぜん》と断言するヴェロニカがよほど不愉快《ふゆかい》だったか、姉の顔が醜《みにく》く歪《ゆが》む。

しかし、姉もさすがに貴族の娘《むすめ》か。すぐに余裕《よゆう》の笑みを取り戻した。

「ええそうね。貴女の成長ぶり、心の底から認めてあげるわ。けれどね、貴女は表面的には別人のように変わったけれど……内面はまるで変わってない。私達に苛《いじ》められて、泣きべそかくことしか能がない、公爵家の落ちこぼれ。その本質は何も変わってないわ」

ここで初めて、ヴェロニカが姉に対し、憎悪《ぞうお》を露《あら》わにした。

拳《こぶし》を握《にぎ》り、眉間《みけん》に皺《しわ》を寄せる彼女の様子が、姉には可笑《おか》しくてたまらないのだろう。

クスクスと笑いながら、姉は言葉を続けた。

「食事の最中、貴女、お父様とお母様にこう言いたかったのでしょう？　アード・メテオールを倒して見せますから、そのときは——わたしのことを愛してください、って」

ヴェロニカの顔が一層、悪感情に歪む。

「あはははは！　おっかしい！　貴女みたいなクズ、お二人が愛するわけがないのに！」

腹を抱《かか》えて笑う姉を、ヴェロニカは睨《にら》むのみだった。

反論したくても出来ないという顔だ。ヴェロニカは心の底で、姉の言葉を肯定《こうてい》しているのだろう。それはまさに……己《おのれ》に対する自信のなさを表していた。

「現状に満足せず、あぐらをかかないことね。実力なんて油断したらすぐに落ちていくものだから。じゃ、今週末、せいぜい頑張って。落ちこぼれのヴェロニカ」

言いたいことを全《すべ》て出し尽《つ》くしたか、姉は気分良さげに部屋から出て行った。

「……………ちくしょうッ！」

机を思い切り叩《たた》いて、全身をわなわなと震《ふる》わせるヴェロニカ。

そうしてから彼女は、鬼気迫《ききせま》る様相で努力を積み始めた。

一時間、二時間と経過し、家族が皆就寝《みなしゅうしん》してもなお、ヴェロニカは机にかじりつく。

侍女がやってきて、そろそろ床《とこ》に就《つ》いた方がと勧《すす》めるのだが、

「もう少しだけ、やらせてちょうだい」

「で、ですが、睡眠《すいみん》を削《けず》られてはお体にさわります」

「いいのよ。わたしにとっては、健康よりも成績だから」

言うことをまるで聞くことなく、ヴェロニカは教科書を睨み続けた。

「わたしには才能がない。だから、努力しなきゃいけない。人の何倍も。何十倍も」

ブツブツと呟《つぶや》きながら、ヴェロニカは羊皮紙の上に羽ペンを走らせる。

「……悔《くや》しいけど、姉の言う通りよ。成績が少しでも落ちたら、落ちこぼれに逆戻《ぎゃくもど》り。そんなの嫌《いや》。わたしは愛されたい。お父様と、お母様に。愛されながら、死にたい」

机に向き合う彼女の姿は、狂気《きょうき》に満ち満ちている。

この歪みは間違《まちが》いなく、家庭環境《かんきょう》が原因であろう。

「……貴族も千差万別なのね。あたしの家とは全然違う」

「……わたしも一応、伯爵《はくしゃく》家の令嬢ですが。これほど苦しい環境ではありませんわ」

「ヴェロニカ嬢は公爵《こうしゃく》家の人間としては才覚が劣《おと》っている。ゆえに姉弟からは落ちこぼれとして扱《あつか》われ……いじめの対象になっていた」

それが、彼女の歪みを形成したのだろう。

姉弟達を見返してやりたいという、強い報復の意志。そして……

両親に愛されたい、認めてもらいたいという承認《しょうにん》欲求。

劣悪《れつあく》な環境はそれらを育て上げ……代わりに、彼女が抱くべき自信を根こそぎ奪《うば》ったのだ。

「……なんていうか、高慢になってもしょうがないわよね、これだと」

イリーナの言葉に、ジニーやシルフィーは納得《なっとく》の表情を浮《う》かべているのだが。

俺は別の意見だった。

確かに、高慢な性格に変わっても不思議ではない。けれども今回に限っては、力を得て姉弟を見返してやったからそうなった、というだけではなかろう。

ヴェロニカの体には今、二つの心が存在しているのだ。

「ふむ。おおよそ把握《はあく》いたしました。そのうえで断言しますが……今回の一件、やろうと思えば今すぐにでも解決できます」

「なら早速《さっそく》――」

「いえ、しばらく泳がせておきましょう」

俺は、大鏡に映るヴェロニカの姿を見つめながら、自らの考えを口にした。

「然《しか》るべき時に、然るべき方法で解決いたします。彼女のためにも、ね」

◇◆◇

二日後。

我々一学年は本日、父兄参観という名の特別授業を迎《むか》えるに至った。

舞台《ぶたい》は学園の校庭内に存在する、実技用試験会場である。

内部を簡単に説明すると、小規模な闘技《とうぎ》場と言ったところか。中央には実技披露《ひろう》の場があり、それを見下ろすことが出来る観覧席が設けられている。

その座席には今、一学年の父兄達が数多く腰《こし》を下ろしていた。

貴族と平民が混じり合い、「あれウチの息子《むすこ》なんですよ」とか言い合っているさまは、なんとも微笑《ほほえ》ましい。

一方、我々生徒達は試験会場中央の壁面《へきめん》にて待機中。

名を呼ばれ、テストという名の対戦に臨《のぞ》むまでは常にこの状態だ。

俺はいつものように、イリーナ、ジニー、シルフィーの三人と固まり、雑談などしながら自分の番を待っていた。

そんな俺に、声をかけてくる者が一人。

「ごきげんよう、アード・メテオール」

ヴェロニカであった。

彼女は俺、イリーナの順で顔を見回し、フッと笑みを浮かべると、

「貴方《あなた》達のご両親、いらっしゃらないのねぇ?」

「ええ。我々の父母は多忙《たぼう》なものでして」

「多忙、ねぇ。本当にそれが理由かしら?」

「どういう意味です?」

「貴方達、愛されてないんじゃないのぉ?」

クスクスと嘲笑《あざわら》ってくるヴェロニカに、イリーナが怒《いか》りを放った。相手方の事情を知りつつも、親に愛されていないと言われては、黙《だま》っていられなかったのだろう。

「んなわけないでしょっ！　あたし達の親はね、あんたんとこと違って特別なのよっ！」

何せ大魔導士だの英雄男爵《えいゆうだんしゃく》だのと呼ばれ、崇《あが》められている存在だ。

我々が幼少期の頃《ころ》は村での一時《いっとき》を重視していたらしく、ほとんど村を出ることはなかったが、俺とイリーナが成人し、学園に入学してからは、各地で発生している問題に追われ多忙を極《きわ》めている。

ゆえに、彼等が俺やイリーナを愛していないとは思えないのだが。

「どうかしら？　今日はある意味、子供の晴れ舞台よ？　普段《ふだん》はご多忙の公爵様や王族の方々さえ、職務よりも子供を優先してらっしゃるわ」

「……我々を信頼《しんらい》しているがゆえ、あえて見に来ないということも考えられますが」

「あはははは！　なによその言い訳！　おっかしい！」

腹を抱えて笑うヴェロニカに、イリーナは我慢《がまん》の限界を迎えたらしい。

「むむむむ……！　こんの、あんぽんたんっ！」

目を吊《つ》り上げ、襲《おそ》いかかろうとする。

「ちょっ、おやめなさいな、ミス・イリーナ！」

「ムカつくのはわかるけど！　ここは我慢だわ、姐《あね》さん！」

「は～な～し～な～さいよぉ～～～！　あのお馬鹿《ばか》、一発ブン殴《なぐ》ってやるんだから！」

ジニーとシルフィーに羽交《はが》い締《じ》めにされ、それでもなおじたばた藻掻《もが》く。

その気持ちはわからんでもないが……今のヴェロニカに対する怒りは、お門違《かどちが》いである。

「イリーナさん、私が述べた内容をお忘れですか？」

「うっ。お、覚えてる、けど」

「ではどうか、お怒りを静めてくださいませ」

イリーナが大人しくなったのを確認してから、ヴェロニカへと向き合う。

「人の心が複雑怪奇《かいき》であるのと同様、愛の形もまた多種多様にございます。ゆえに、今この場にいないことは、愛情の欠如《けつじょ》に結び付くものではありません」

「ま、そういうことにしといてあげるわぁ。親に無様な姿を晒《さら》さずに済むって意味じゃあ、この場にいない方が貴方にとっては幸せだろうしねぇ？」

高慢《こうまん》な笑みを残し、ヴェロニカは我々のもとから離《はな》れていった。

その後しばらくして。

「次。アード・メテオール。ヴェロニカ・フォン・ヴェルグ・ド・ファルメス。前へ」

オリヴィアの声を受けて、まずヴェロニカが動く。

彼女は観覧席を見回し、両親の姿を確認すると、穏《おだ》やかな笑顔を浮かべて手を振《ふ》った。

おそらくは、アレが彼女の本来の顔なのだろうな。

俺もまた、ヴェロニカと同様、壁際《かべぎわ》から試験場の中心へと移動する。

「やっちゃえ、アードっ！」

「頑張らなくても問題ないと思いますが、一応頑張ってくださ〜い」

「大丈夫《だいじょうぶ》だわ、アード！　アンタの運勢、今週は絶好調だから！」

三人の声援《せいえん》を背に、俺はヴェロニカの前に立つ。

「ちょっと前に宣言した通り……ブッ潰《つぶ》してやるわ、アード・メテオール」

「お手柔《てやわ》らかに」

相対すると同時に、観覧席の父兄達がざわざわと騒《さわ》ぎ出した。

「あの少年が噂《うわさ》の」

「ファルメスの娘《むすめ》といえども、荷が重かろう」

「いや、勝負は時の運とも言う。どうなるかはわからんぞ」

おおよそが俺の勝利を確信しているようだ。

そうした父兄達の反応が不快だったか、ヴェロニカの瞳《ひとみ》に宿る闘志が一層高まった。

……さて。こちらの思惑《おもわく》通りに進んでくれると助かるのだが、どうなるかな。

「始め！」

傍《そば》に立つ審判《しんぱん》役……オリヴィアの鋭《するど》い声と同時に、我々の魔法《まほう》戦が幕を開けた。

「喰《く》らいなさいッ！」

開幕早々に初手を打つヴェロニカ。

右手をこちらへ突《つ》き出してくる。

瞬間《しゅんかん》、掌《てのひら》の先に魔法陣《じん》が顕現《けんげん》し……そこから巨大《きょだい》な火球が放たれた。

「メ、《メガ・フレア》だと⁉」

「しかも無詠唱《むえいしょう》！」

「ファルメスの娘、あれほどのレベルだったか……⁉」

父兄達は皆《みな》、驚嘆《きょうたん》の意を示していた。生徒達もほとんど同じである。

だが……

こちらからすれば、この時代における中級攻撃《こうげき》魔法などなんら脅威《きょうい》ではない。

脳内にて術式を組み立て、魔力を流し、発動。

法陣が我が目前に現れ、すぐさま半透明《はんとうめい》の防壁《ぼうへき》を展開する。

相手方の火球は壁面に衝突《しょうとつ》し、爆裂《ばくれつ》。衝撃《しょうげき》と熱により壁面は瞬《また》く間《ま》に崩壊《ほうかい》したが、されど我が身に威力《いりょく》が伝わることはなかった。

「あ、あちらも無詠唱か……！」

「中級防御《ぼうぎょ》魔法の無詠唱……さすが、大魔導士《まどうし》の息子といったところだな……」

いや、先程《さきほど》の魔法は下級のそれなのだが。

まぁ、どうだっていいか。

「……なかなかやりますね。ヴェロニカさん」

「ふん！　さっきのは挨拶《あいさつ》みたいなものよ！　わたしの本気はこんなもんじゃない！」

「ほう。挨拶。あの程度で挨拶、ですか」

口元を僅《わず》かに歪《ゆが》ませ、挑発《ちようはつ》的な笑みを浮かべてみせる。

普段はこういったことなど絶対にしないのだが、今回ばかりは仕方がない。

俺の芝居《しばい》に、ヴェロニカはまんまと引っかかった。

「なによ、その顔は。わたしを侮辱《ぶじよく》してるの？」

「いいえ。侮辱ではありませんよ。相手の力量を適切に測ったうえで……高みから、見下ろしているだけのこと」

ますます怒気《どき》を強めるヴェロニカへ、俺はダメ押しの挑発を行う。

物質変換《へんかん》の魔法を発動し、床《ゆか》の一部を剣《けん》へと変換。

その刀身を撫《な》でながら、俺は宣言した。

「これより、魔法は一度すら用いません。繰《く》り返します。私はこれより魔法を禁じます。そのうえで、この勝負を終わらせてみせましょう」

こんなことを言われて頭に血が昇《のぼ》らぬ者など、そうは居まい。

ヴェロニカも例外ではなかった。

「舐《な》めてんじゃ……！　ないわよッッ！」

再び、魔法を繰り出してくる。

先刻と同様、《メガ・フレア》。しかし今回のそれは、二発同時だった。

「ダ、《二重詠唱《ダブル・キャスト》》だとッ⁉」

「《不可能技術《ロスト・スキル》》ではないかッ！」

ヴェロニカの攻撃は、この時代水準で考えると桁外《けたはず》れの神業《かみわざ》だった。

しかし、俺にとってはやはりどうということもない。

向かい来る火球に対し、先刻とは違って防御魔法を発動することはなく……

ただ、軽く剣を振るうのみ。

刀身が無造作に虚空《こくう》を裂《さ》いた瞬間、突風《とっぷう》が発生。

殺到《さっとう》した火球二つをあっさりと消し飛ばした。

「……は？」

呆然《ぼうぜん》となるヴェロニカ。父兄も、そして他《ほか》の生徒達も皆、同じ顔だった。

正直、好ましい状況《じょうきょう》ではない。

様々な事情もあって、俺は目立つことを極端《きょくたん》に嫌《きら》っている。

だが、しかし……目前の少女を救うためだ。

事前に覚悟《かくご》しておいた通り、ある程度は目立つことにする。

「どうされました？　もう諦《あきら》めたのですか？」

「くっ！」

ゆっくりと歩を進め、接近するこちらに対し、ヴェロニカは再度魔法を発動する。

今度は雷撃《らいげき》の群れだった。

けれどもやはり、剣の一振りで掻き消える。

「こ、のぉっ！」

続いて氷刃《ひょうじん》の嵐《あらし》。

これもまた、剣の一振りで以《もっ》て粉砕《ふんさい》する。

「こ、これならぁっ！」

苦悶《くもん》の顔を見せながら、ヴェロニカが攻撃魔法を発動した。

火球、雷撃、氷刃。三種の属性魔法を同時に展開。

《三重詠唱》か。これが彼女の切り札と見て間違いなかろう。

この時代水準であれば、もはや神業という領域すら超《こ》えている。文字通り、不可能を可能にしてみせたヴェロニカだが……やはり、どうということもなかった。

彼女の切り札もまた、こちらが軽く剣を一振りするだけで消滅《しょうめつ》。

それから三歩前へ進み、俺はヴェロニカの喉元《のどもと》へ刃《やいば》を突きつけた。

「チェック・メイトということで、よろしいか？」

微笑《びしょう》と共に言葉を発する。

これに審判役のオリヴィアが頷《うなず》き、終了《しゅうりょう》宣言を出そうとするのだが。

「まだよッ！　まだ、終わってないッ！」

ヴェロニカが絶叫《ぜっきょう》する。

そして彼女は俯《うつむ》いて、ブツブツと何事かを呟《つぶや》き始めた。

「勝てるって、言ったじゃないの……嘘《うそ》つき……このままじゃ……落ちこぼれに戻《もど》っちゃう……そんなの嫌《いや》……わたしは愛されたいのに……終わりたくない……こんな形で……」

父兄達には往生際《おうじょうぎわ》が悪いと映ったのだろうか。

観覧席から聞こえてくる声は、いずれもヴェロニカを批難する内容だった。

そんな中、

「ヴェロニカッ！」

「もう十分ですッ！」

……両親が発した内容を、ヴェロニカは悪いように受け取ったらしい。

「失望、された……！　もう、お終《しま》いだわ……！」

父母の言葉は、彼女の内側にマイナスのベクトルを生み出したのだろう。

その結果。

「なんで、こんなことに……！　全部、貴方《あなた》のせいよ、アード・メテオール……！　貴方さえいなければ……！　貴方が……！　貴方が、憎《にく》いっ……！」

全《すべ》てを捨てた者が見せる、歪んだ煌《きら》めき。

ヴェロニカの瞳にそれが宿った瞬間——

彼女の全身から、ドス黒いオーラが放たれた。

それはまるで煙幕《えんまく》のように試験場全体へと広がっていき、会場中央の生徒一同、観覧席の父兄や講師陣を飲み込んだ。

「な、なん、だ、これは……⁉」

「う、動けんっ……！」

どうやら、一定の魔法抵抗《ていこう》力を持たぬ者にとってこの闇《やみ》は、拘束《こうそく》の魔法に似た効果を発揮するようだ。

濃霧《のうむ》の如《ごと》き闇が広がっているため、全ての父兄の状態を把握《はあく》することは出来ないが……

その多くは身動きが取れない状態にある。生徒や講師陣も同様だった。

一方で、やや離れた場所に立つ我が友人達はというと、

「あぁもう、鬱陶《うっとう》しいわねっ！」

「このこのぉっ！」

「腕《うで》をぶんぶん振《ふ》り回したところで、掻き消えたりしませんわよ、絶対……」

まともに動くことが出来るようだ。

「皆さん、その場にて待機してください。決してその場から動かないように」

霧《きり》の如く立ちこめた闇の先へ、声を送る。

それからすぐ、審判役として傍に立ち続けていたオリヴィアへと目をやった。

やはり彼女も動けるようだが、現状に対応しようという様子はない。こちらを静観するのみだった。俺に全て一任する、と、そういうことだろう。

オリヴィアに一つ頷きを送ってから、俺はヴェロニカへと向き合った。

「……こちらの思惑通り、姿を現しましたね」

呟くと同時に、ヴェロニカの真横にて、闇が凝縮《ぎょうしゅく》。

瞬く間に、人型を作った。

それはまさに、人の形をした闇。

その無貌《むぼう》が、饒舌《じょうぜつ》に言葉を紡《つむ》ぐ。

「ふう……残念ながら、我が器《うつわ》よ。貴様に与《あた》えてやれる力はもはやない。だが、安心せよ。貴様に代わって、この我が願いを果たしてやろう」

こちらへ頭を向ける人型の闇へ、俺は声を送った。

「《邪神《じゃしん》》の思念体」

「左様。現代生まれにしてはなかなか博識だな」

厳《おごそ》かな声が返ってくる。

その声音《こわね》はどこか、他者を見下すような調子が含《ふく》まれていて……

「貴方が取り憑《つ》いたことで、ヴェロニカさんは急成長を遂《と》げた。それと同時に、貴方との同調が進んだことにより、高慢《こうまん》さもまた高まってしまった。……此度《こたび》の一件、その真相はこんなところでしょうか」

思念体は何も応《こた》えず、ただこちらを嘲笑《あざわら》うように鼻を鳴らすのみだった。

「ナンセンスな問いやもしれませんが、一応聞いておきましょうか。貴方の目的は？」

「フン！　まさしくナンセンスだな、奴隷《どれい》の子よ。我が存在意義はただ一つ。破壊《はかい》と混沌《こんとん》だ」

まぁ、これ以外にはなかろうな。

《邪神》の思念体とは、読んで字の如くだ。

古代世界にて、この俺が封印《ふういん》、あるいは討伐《とうばつ》したバケモノの群れ。当時は《外なる者達《アウター・ワン》》とも呼ばれていた連中は、世を去ってなお影響《えいきょう》を及《およ》ぼしている。

それが奴等《やつら》の思念体だ。

《邪神》共が遺《のこ》した思念は時たま、自我を得る。そうすると連中は、相性《あいしょう》のいい人間をたぶらかすのだ。ヴェロニカに対してはおそらく、成績の向上を餌《えさ》に誘惑《ゆうわく》したのだろう。自分と融合《ゆうごう》すれば、優秀《ゆうしゅう》な人間になれる。親から愛してもらえる。と、こんなところか。

「どうやら、思念体に九割近く乗っ取られているようですが……ヴェロニカさん、まだ間に合います。融合を拒絶《きょぜつ》なさい。完全融合を果たしてしまえば、貴女《あなた》の人格は――」

「消えるん、でしょ？　知ってるよ」

こちらを睨《にら》みながら応答するヴェロニカ。その横で、人の姿をした闇が笑う。

「ふふ。無駄《むだ》だ、無駄だ。貴様等に形勢逆転の芽が一切《いっさい》ないからこそ、我はこうして姿を現したのだよ。この娘《むすめ》はな、死を恐《おそ》れてはいない。誘惑した時点で承知済みなのさ。短い時間でもいい。親の愛を得られたなら、己《おのれ》の人生に意味があったと思えたなら、死んでもいいと。そういうつもりで我と融合したのだ。違うかね？　我が器よ」

ヴェロニカは小さく頷いた。

「お父様に……お母様に……愛されたかった……！　そのためなら、死ぬことになってもいい……！　幸せを噛《か》みしめながら、死んでいきたい……！　それだけが、わたしの望みだったのに……！　貴方の、せいで……！」

恨《うら》み骨髄《こつずい》といった声音が、薄暗闇《うすくらやみ》の中に響《ひび》く。こうなるともはや、説得は不可能か。

それならば。

「《邪神》の思念体が人の体を乗っ取る際には、条件があったはず。確か……時間の経過、だったと記憶《きおく》しておりますが」

「正解だよ。奴隷の子にしてはなかなか博識だな。正確には星の並び、だがね」

「星の並び」

「そうだ。天に煌めく星々が一定の並びになるまで融合状態を維持《いじ》する。これが肉体を奪《うば》う条件だ。星辰《せいしん》が揃《そろ》いしとき、我々の力は一層高まるのだよ。そうなれば同調が一気に進むのさ。そして……待ち望んだ瞬間《しゅんかん》は、残り三〇秒でやってくるッ！」

気分が高揚《こうよう》したか、勝ち誇《ほこ》るように胸を張りながら叫《さけ》ぶ思念体。

「ふははは！　ついにこの時がやって来た！　この愚《おろ》かな娘を乗っ取った暁《あかつき》には、まず祝いとして貴様を嬲《なぶ》り殺しにしてやろう！　そこから先は世を破壊するもよし、我が肉体を復活させるもよし！　ふははははは！　最高の気分だッ！」

両手を広げ、哄笑《こうしょう》する人型の闇。

その姿に、俺は嘆息《たんそく》するほかなかった。

「忠告しておきましょう。勝負は最後までどう転ぶかわかりません。ゆえに結果が出るまで勝ち誇るなど愚《ぐ》の骨頂《こっちょう》。貴方の敗因は、その傲慢《ごうまん》さにある」

「敗因？　敗因だと？　ふははははは！　何を言うかと思えば！　我が勝利を収めるまで、もう残り一〇秒もないというのに！」

高慢に笑い続ける思念体。その間にも、一秒、二秒と時は刻まれていく。

俺は肩《かた》を竦《すく》めつつ……

ある魔法《まほう》を発動しながら、ヴェロニカへ問うた。

「ヴェロニカさん。心変わりすることはありませんか？」

「…………」

何も応えない。こちらをただ、睨むのみだった。

「なるほど。承知いたしました」

残り時間、三秒。

二秒。

一秒。

「今のうちに祈《いの》っておくがいい！　苦痛がすぐに終わることをな！」

思念体の哄笑が、試験場全体に木霊《こだま》す。

が――

それから二秒、三秒と経過してすぐ、奴の様子に変化が現れた。

「……おかしい。もう完全融合しているはずだが。我としたことが、時間を誤ったか？」

僅《わず》かな当惑《とうわく》が、声音に宿っていた。

その呟きに、俺は微笑を浮《う》かべる。

「いいえ？　貴方は融合までの時間を完璧《かんぺき》に把握しておられましたよ？」

「……なんだと？」

「どうされました？　先程《さきほど》までの余裕《よゆう》はどこへ行ったのですか？」

「……貴様、何をしたッ⁉」

焦燥《しょうそう》と困惑が入り交じった叫声《きょうせい》に、俺は、

「なに、簡単なことですよ。星の並びが一定にならねば乗っ取れぬとおっしゃるなら」

口端《こうたん》を吊《つ》り上げながら、ことの真相を語る。

「星の並びを少々変えてやればいい。それだけのこと」

返答と同時に、沈黙《ちんもく》が広がる。

当然だが、その間にも時間は流れ続けていた。けれども融合の兆《きざ》しは皆無《かいむ》。

そうした現実が、敵方に一つの真実を突《つ》きつける。

「ば、馬鹿《ばか》な！　星の並びを変えるだと⁉　そ、そんなデタラメが──」

「自慢《じまん》するつもりはありませんが。むしろ自虐《じぎゃく》と受け取ってほしいのですが。そんなデタラメが簡単に出来てしまうのですよ。この私にはね」

実際のところ、星々への干渉《かんしょう》などさして難しいものでもない。

世を構成する因果に僅かでも干渉できれば、この程度は造作もないことだ。

「そ、そんな、馬鹿な……！　こ、このようなこと………いや、まさか。き、貴様、姿形こそ違《ちが》うが……！　その正体はッ……！」

「いいえ？　私はただの、村人ですよ」

微笑《びしょう》を浮かべながら嘯《うそぶ》く。

と、その途端《とたん》、全てを察した思念体は焦燥感《しょうそうかん》をあらわにして、

「くっ！　こ、この場は──」

「私の正体を把握したのなら。ことさら、逃《に》がすわけにはまいりませんね」

一塊《ひとかたまり》の闇へと戻《もど》り、どこぞへと向かう思念体。だが、それを許すわけもない。

奴の周囲を魔法陣《まほうじん》が取り囲む。

それらは瞬時に球体状の檻《おり》へと変貌《へんぼう》し、

「ご安心ください。私は貴方《あなた》と違って、相手を嬲《なぶ》り殺す趣味《しゅみ》などございませんので」

掌《てのひら》を檻へ向け、そして。

「では、ごきげんよう」

グッと握《にぎ》り込む。

その矢先、球体状の檻が収縮し、やがて消滅《しょうめつ》。

《邪神》の思念体は断末魔《だんまつま》をあげることすら出来ず……この世から完全に消え失《う》せた。

奴が消失したことで、試験場全域を覆《おお》っていた闇もまた、瞬時に晴れ渡《わた》る。

……ここまでは完全に思惑通り。

挑発行為《ちょうはつこうい》を繰《く》り返し、ヴェロニカを激昂《げきこう》させ、そのうえで圧倒《あっとう》的な力量差を突きつける。

そうしたなら、彼女はさらなる力を求めるだろう。

結果……勝利を確信した思念体が出しゃばってくるのではないかと、俺は踏《ふ》んでいた。

そしてどうなったかは、振り返るまでもなかろう。

だが。

敵方の討滅《とうめつ》など、前置きに過ぎぬ。

本番はここからだ。

「……なんでよ」

まるで抜《ぬ》け殻《がら》のようになったヴェロニカが、地面へとくずおれ、両膝《りょうひざ》をついた。

「……こうなったら、もう」

弱々しい声音に、狂気《きょうき》を感じた瞬間。

ヴェロニカは制服のポケットからナイフを取り出し、己の喉《のど》へと走らせた。

が、それを黙《だま》って見ているわけもない。

咄嗟《とっさ》に彼女の手甲《しゅこう》を蹴《け》って、ナイフを飛ばす。

「……邪魔《じゃま》、しないでよ。わたしは、もう」

肩を落とすヴェロニカを見下ろしながら、俺は静かに口を開いた。

「命を断たれるのは、まだ早いかと」

「……早い？　むしろ、遅《おそ》すぎたぐらいよ。わたしは無能な落ちこぼれ。生きてる価値なんて、生まれたときからなかった。ずっと姉弟《してい》に馬鹿にされて、親にも愛されず……そんなわたしが望んでたのは、ただ……幸せな最後、だけだったのに……！」

彼女からすれば、俺は疫病神《やくびょうがみ》以外の何者でもなかったのだろう。射殺すように睨んでくるヴェロニカへ、俺は肩を竦めながら断言した。

「両親に愛されるためには、優秀にならなければならない。自分みたいな落ちこぼれは愛してもらえない。……本当にそうでしょうか？」

「……は？」

理解不能といった顔を向けてくるヴェロニカへ、俺は言い聞かせた。

「貴女には、信じる勇気が足りていない」

「信じる、勇気？」

「そう。己を信じる勇気。そして……ご両親の心を信じる勇気。この二つが貴女には決定的に足りていません。せっかく煌《きら》めくような才能を持っているというのに、あまりにももったいない」

最後の言葉が、ヴェロニカは強く引っかかったらしい。

「才能を、持ってる……？　馬鹿言わないでよ……！　わたしのどこが――」

「ならばヴェロニカさん。貴女にとって天才とはどういった存在ですか？　才能とは、いったいなんですか？」

「そんなの、決まってるでしょ。天才っていうのは、貴方のことよ。アード・メテオール。特に努力もせず、なんでも出来て……当たり前のように、頂点に立つ……」

「ええ。それもまた間違いではありません。しかしね、天才とはその一種類だけではないのですよ」

怪訝《けげん》な顔をして、首を傾《かし》げるヴェロニカに、俺は自分の考えを口にした。

「私にとっての天才は……決して諦《あきら》めることなく、努力を続けられる人間を指す言葉です。私のように最初からなんでも出来るような人間よりもよほど、そちらの方が素晴《すば》らしい天才だ。人は結果が出ないと、すぐに諦めてしまう。自分の限界を、勝手に決めつける。けれどヴェロニカさん。かつての貴女は、そうじゃなかったはずだ」

こちらを見つめるヴェロニカの瞳《ひとみ》には、未《いま》だ何も浮かんでは来ない。

もしかしたら、最後までそのままかもしれない。

だが、それでも。

俺は語り続けた。

「思念体の誘《さそ》いに乗って近道をしようとしたのは、致《いた》し方ないことだと思います。けれどもし、貴女の前に思念体が現れなければ……きっと貴女は、折れることなく努力を続けていたことでしょう。その結果、遠回りではありますが、目的の場所までたどり着けたはずだ」

「そんな、ことは――」

「いいえ。断言します。ヴェロニカさん。私からしてみれば、貴女こそが天才なのですよ。何度でも繰り返しますが……決して諦めない心を持つ者こそが、真の天才です。それを思えば、貴女には十分な才覚があった。あとは自分を信じる勇気さえ持てば。誘惑《ゆうわく》を振《ふ》り切り、自分の足で進む覚悟《かくご》を持てば。貴女はどこまででも行ける」

ほんの少しだけ、俺の気持ちが伝わったのだろうか。

彼女の目に、色が戻りつつあった。

そんなヴェロニカの様子に喜びと安堵《あんど》を抱《いだ》きながら、俺は最後の言葉を述べた。

「そしてもう一つ。貴女は、親の心を信じるべきだった。貴女は姉弟……主に姉君のせいで、落ちこぼれは愛してもらえないと思い込んでいるようですが、しかし――」

語る途中《とちゅう》。観覧席から降りてきた彼女の両親が駆《か》け寄って来る。

「おぉ、ヴェロニカ!」

「怪我《けが》はない⁉　どこか、痛いところは⁉」

父母に対し、ヴェロニカは驚《おどろ》いたような顔を見せる。

彼等の行動が、そして、その表情が、あまりにも意外だったのだろう。

「なぜ……？　なぜ、そんな……わたしの身を、案ずるようなことを……？」

理解不能と言わんばかりに、当惑した顔を晒《さら》すヴェロニカ。

親から愛されていないと思い込んでいる彼女には、二人の心情がわからないのだ。

「しかし、先程のアレは、いったいなんだったのか」

「なぜあのようなことに……」

二人の疑問に対し、ヴェロニカはビクリと体を震《ふる》わせた。

しばし迷うような顔を見せてから、彼女は口を開く。

「お父様、お母様……実は……！」

この娘《むすめ》は、根が善良なのだろうな。言い逃《のが》れも出来るだろうに、あえてそれをしなかった。自らが抱《かか》えた秘密を、両親へ洗いざらいぶちまけた。

「なんと……！」

「そんな……！」

目を丸くする二人から、ヴェロニカは顔を背《そむ》けて、言った。

「わたしと、親子の縁《えん》を切ってください……そうしたなら、全《すべ》ての責任はわたしが負います。他《ほか》の貴族だけでなく、王族さえ危険に巻き込んだ以上、きっと死罪になるでしょうが……それでもかまいません。もはやわたしに、生きる価値など、ないのだから」

「な、なにを言うか！」

「貴女だけに罪を背負わせるわけにはまいりません！　死罪となるなら、我々も共に死にます！」

堂々と断言する母に、ヴェロニカは再び困惑を露《あら》わにする。

「なぜ……？　なぜ、そんなことを言うのですか……？　お二人は、わたしのことなど、どうでもいいのでは……？　わたしのような、愛する価値のない、落ちこぼれなど……どうなっても――」

悲観的な言葉を紡《つむ》ぐ、最中のことだった。

母が膝をついて彼女と向き合い、そして。

ヴェロニカの頬《ほお》を叩《たた》く。

「……え？」

なぜぶたれたのか。わけがわからない、といった彼女を真っ直《す》ぐに見つめながら、

「我が家に、落ちこぼれなんか一人もいません」

ゆっくりと言い聞かせるように語る母。

その横で、父は顔に苦渋《くじゅう》を浮《う》かべながら、

「此度《こたび》の一件、全責任は儂《わし》と妻にある……！」

彼はヴェロニカに頭を下げながら、後悔《こうかい》の念を口にした。

「我が子ゆえに、この思いは言わずとも伝わっていると、そう思っていた。お前は心の強

い子だからこそ……厳しく接するのが正解だと、そう考えていた。あえて突《つ》き放し、負けん気を高めることが成長に繋《つな》がるのだと、そう考えていた。しかし……それは間違いだった。我々はお前を、追い詰《つ》めてしまったのだな……！　あぁ……すまない……！　本当にすまない、ヴェロニカ……！」

「……お父様」

「儂の言葉に、もはや説得力などなかろう。しかし、これだけは言わせてくれ。儂はお前を落ちこぼれと思ったことなど、一度もない。常に前を見て、努力をし続けるお前のことを、誇《ほこ》りに思っていた……！　心の底から、愛していたのだ……！」

涙《なみだ》ながらに父が語った言葉は。

きっと、ヴェロニカが心の底から欲《ほ》しかったもの。

生まれてからずっと、彼女が求め続けてきたものだった。

「お父様……！　お母様……！」

己《おのれ》の考えが間違っていた。間違って、くれていた。

落ちこぼれだろうとなんだろうと、頑張《がんば》る子供を愛さぬ親など、どこにも居ない。

そう心の底から認めたからこそ――ヴェロニカの心は今、救われたのだ。

「ごめんなさい……！　ごめん、なさい……！」

涙を流しながら、両親の体を抱《だ》きしめる。その姿に、俺は安堵の息を吐《は》いた。

全ては思惑通り。邪悪《じゃあく》は消え失《う》せ、哀《あわ》れな少女は真の幸福を摑《つか》み取った。

これにて一件落着——と、そう考えた矢先のことだった。

「な、なんだかよくわからんが……さすが、大魔導士《まどうし》の息子《むすこ》だ！」

「う、うむ。なんかよくわからんが、その働きには報《むく》いねばなるまい」

「上位貴族共は反発するだろうが……ここは一つ、勲章《くんしょう》などを与《あた》えるべきだろう」

観覧席にて、王族と思《おぼ》しき連中がざわざわと騒《さわ》ぎ出す。

勲章、だと？

やめてくれ。これ以上目立っては、平穏《へいおん》な暮らしが——

「いやぁ～、さすがだなぁ～。やはり貴様は最強だなぁ～？」

明るい声が聞こえた瞬間《しゅんかん》、背後に気配を感じる。

そこに立っていたのは、とんでもなく眩《まぶ》しい笑顔《えがお》を浮かべた、オリヴィアだった。

「まさか本当に、一人で片を付けてしまうとはなぁ～」

俺の両肩《りょうかた》に手を置いて、メリメリと爪《つめ》を食い込ませてくる。

これはもう完全に、俺＝《魔王》という確信を強めてしまったに違《ちが》いない。

「アード、また勲章貰《もら》うんだって！」

まるで我がことのように喜び、興奮した様子のイリーナ。

「ふふん。アード君のことですから、いずれ全ての勲章を授《さず》かるでしょう。よって今からアード君を称《たた》える専用の勲章を作っておくべきですわ」

顎《あご》に手を当て、新たな勲章とやらの名前を考え出すジニー。

「よかったわね、アードっ！　やっぱり星占《ほしうらな》いは馬鹿《ばか》にできないのだわっ！　運勢絶好調じゃないのっ！」

……目をキラキラさせたシルフィーの言葉を受けて、俺は大きくため息を吐《つ》いた。

そうしてから、ヴェロニカの方を見て、

「信じる勇気を持てと言っておいて、なんですが。一つだけ、絶対に信じてはならないものがあります」

心の底からげんなりしつつ、俺は断言するのだった。

「星占いの結果だけは、信じない方がよろしい」

姿 かたちを変えられようと
わたしの世界は変えられはしない

新生魔王禄　情理逆転ノ巻

全《すべ》ての授業過程が完了《かんりょう》し、放課後となってすぐのことである。

「あ〜！　今日も一日頑張《がんば》ったたっ！　苦手な授業が多い日だけど、あたしすっごく頑張ったっ！　アードもそう思──」

我等がイリーナちゃんによる、わかりやすい〝褒《ほ》めてアピール〟。だが、その途中《とちゅう》。

「パパ〜！」

「疲《つか》れた疲れた〜！」

イリーナちゃんの声を搔《か》き消しながら、二人の少女がこちらに抱《だ》きついてくる。

髪《かみ》色以外は全て同じ外見を持つ、可憐《かれん》な双子《ふたご》。名はルミとラミ。

彼女等はまるで主人に懐《なつ》いた子犬のごとく、こちらの胸元《むなもと》に頰《ほお》をすり寄せて、

「ルミ、今日も頑張った〜」

「ラミも、眠《ねむ》らずに頑張った〜」

「「褒めて褒めて〜」」

こうも愛らしくねだられては、応《こた》えぬわけにもいかない。

いつものように双子の頭を軽く撫《な》でてやると、彼女等は気持ちよさげに声を唸《うな》らせた。

……その一方で。

「ぐぬぬぬ……！　放課後に褒めてもらうのは、あたしだけの特権だったのに……！」

ルミ、ラミとは正反対に、イリーナが悔《くや》しげな唸り声を漏《も》らす。

「別に貴女《あなた》だけの特権ではないでしょ、ミス・イリーナ。……しかしまぁ、あの双子が少々目立ちすぎという点については、同意せざるを得ませんけれど。あれではハーレム要員というより、憎《にく》むべき独占者《どくせん》ですわ」

ムスッとした顔で双子をみやるジニー。

そんな彼女等に反して、

「二人とも、すっかり学園生活に馴染《なじ》んだみたいね！　最初はどうなることかと心配してたけど、もう完全に一安心だわ！」

幼い美貌《びぼう》に無邪気《むじゃき》な笑みを浮かべるシルフィー。

彼女と同様、俺も双子には一抹《いちまつ》の不安を抱《いだ》いていた。しっかり人間社会に馴染めるかどうか、未知数であったからだ。

というのもこの双子、今でこそ可憐な少女の姿をしているが、元は精霊《せいれい》という特殊《とくしゅ》な存在である。以前、ある事件を解決した際、俺は二人に肉体を与え、人間へと転生させた。以降、彼女等はヒューマン族として学生生活を送ることとなり、今に至る。

「……ふむ。馴染んだといえば」

呟《つぶや》きつつ、俺は首を動かして、ある女子生徒の姿を探す。

そうして視界に入れたのは、カーミラという名の少女であった。

「彼女はまだ、馴染み切れていないようですね」

教室の隅《すみ》っこで独り過ごす彼女の姿に、俺は小さく息を吐《は》いた。

カーミラもまた、曰《いわ》く付きの生徒である。以前、イリーナと共にこなしたクエストにおいて救助した彼女は《魔族《まぞく》》の娘《むすめ》であり、《邪神《じゃしん》》の末裔《まつえい》でもある。そんな厄介《やっかい》過ぎる経歴の持ち主ゆえか、未《いま》だ我々以外に心を開いていない。

なんとかしてやりたいが、こればかりは彼女次第《しだい》だ。

平和な日常の中で、健全な人間関係を築いてほしいと切に——

と、考える最中のことだった。


ゴゴゴゴゴゴゴゴゴ……


まるで地鳴りのような音が耳に入る。

何事かと身構えた頃《ころ》には、既《すで》に音は止《や》んでおり……しばらく待ったが、何も起きない。

「な、なに、今の？」

「ミス・シルフィー。また貴女ですか」

「いやいやいや！　今回はなんにもしてないのだわっ！」

両手を振《ふ》りながら、必死に身の潔白を訴《うった》えるシルフィーだが、いかんせん、信用がない。

「ホント！　ホントだから！　今日はたまたま、トラップ魔法を仕掛《しか》けるの忘れて――」

彼女が弁明の言葉を紡《つむ》ぐ最中、教室のドアが乱暴に開け放たれ、そして。


「シィィィルフィィイイイイの馬鹿《ばか》はどこだぁあああああああああッッッ！」


怒号《どごう》を放ちながら、一人の女講師が入室する。

獣人族《じゅうじん》特有の獣耳《けもの》をピンと立たせ、瞳《ひとみ》に激しい怒《いか》りを宿す彼女の名は、オリヴィア。当クラスの担任であり、我が姉貴分である。

彼女は端整《たんせい》な顔立ちを凶暴《きょうぼう》に歪《ゆが》ませながら教室内を見回し、

「貴様ぁああああああああッ！　そこにいやがったかぁあああああああああああッッ！」

「だわわっ!?」

シルフィーが逃《に》げるよりもずっと早く接近し、彼女の華奢《きゃしゃ》な首根っこを引っ摑《つか》んで、ズリズリと連行していく。

「ア、アタシ、マジでなんにもしてないのだわぁああああああああああああ！」

シルフィーの悲鳴が反響《はんきょう》する室内にて、我々は一斉《いっせい》にため息を吐《つ》くのだった。


……さて。

オリヴィアがシルフィーを引きずりながら連行してすぐ、ルミとラミは用事があるとのことで、彼女等もまた教室内から出て行った。

「どうする、アード？」

「ミス・シルフィーについては、放《ほう》っておいてもよさそうですが」

「……いえ、何か妙《みょう》に気になりますので、ちょっと様子を見に行きましょうか」

探知魔法で二人の行き先を調べる。

どうやら校門の前にいるようだ。

我々はオリヴィア達のもとへ赴《おもむ》くべく、校庭へと出た。

無駄《むだ》に広々とした校庭にて、暮れなずむ空の下、多くの生徒達が行き交《か》っている。そうした様子は普段《ふだん》とまるで変わりがないのだが……しかし、どこか奇妙《きみょう》だ。

具体的にどこが、とは言えないのだが、とにかく、いつもと同じようでいて何かが違《ちが》うように感じる。

「……お二人のもとへ、急ぎましょう」

小走りしながら、オリヴィア達のもとへと急行し、目的地である校門前へと到着《とうちゃく》。

それと同時に、俺は眉《まゆ》をひそめた。

「なんでしょう？　随分《ずいぶん》と人が多いような」

「それだけじゃありませんわ」

「なんか皆《みな》、顔が暗いわね」

極《きわ》めて多くの生徒達が、校門前にて立ち往生している。

彼等は皆ただ突《つ》っ立っているだけで、誰《だれ》も校門から出ようとしない。

そうした奇妙な集団の中心にて。

シルフィーがオリヴィアに、正座を強要されていた。

「ええい、貴様という奴《やつ》はッ！　さっさと吐かんかッ！」

「いや、だから！　アタシは無実なのだわ！　身に覚えがないのよ、マジで！」

怒り心頭《しんとう》といった様子のオリヴィアと、涙目《なみだめ》になりながら弁明するシルフィー。

二人のもとへと赴いて、俺は口を開いた。

「どうされたのですか、一体」

「あっ！　アード！　助けてほしいのだわ！　芋狂《いもぐる》いがアタシをいじめるのだわ！」

「芋狂いだと貴様！　褒めても許してはやらんぞ！」

「いや、褒め言葉じゃないんだけどっ！」

ギャースカと叫《さけ》ぶ二人に眉根を寄せつつ、俺は再び問いを投げる。

「オリヴィア様。これはなんの騒《さわ》ぎですか？」

「……フン。実際に見せた方が早かろう」

むっつり顔でそう応えると、オリヴィアは校門へ向かって歩き出した。

しっかりした歩調を刻みつつ、門を抜《ぬ》けて……それからすぐ、校庭へと帰ってくる。

「……こういうことだ」

「いや、どういうことですか」

「……貴様もやってみろ」

怪訝《けげん》に思いつつも、俺は彼女の言葉に従った。

校門へと歩み寄り、学園の外へ――

出た、はずなのだが。

「これは……」

気付けば俺は、校庭の中に戻《もど》っていた。

「ど、どうしたの、アード」

「校門から出てすぐ、踵《きびす》を返されましたけど……何か、気付かれたのですか？」

「踵を返した？　私が？」

そんなことをした覚えはない。俺はただ、校門を抜けようとしただけだ。

……それから再び、学園の外へ出るべく歩いたのだが、結果は同じだった。

校門を抜けた瞬間《しゅんかん》、気付けば校庭へと戻っている。

「なんらかの魔法によるもの、でしょうか。いや、それにしては魔力を感じない。魔法でないとしたなら、いったい何が原因で……」

前世を含《ふく》めれば、かなり長いこと生きてきたのだが、こうしたケースはちょっと経験がない。久方ぶりの当惑《とうわく》を味わう俺の傍《そば》で、オリヴィアはキッとシルフィーを睨《ね》めつけ、

「校門のみならず、どの場所からも外へ出ることは不可能となっている。出た瞬間、無意識のうちに校庭の中へ戻っているのだ。まるで、自分の意思が逆転したかのようにな」

「そ、そんな目で見られても！　アタシはなんにも知らないのだわ！」

ふむ。逆転。逆転、か。

なるほど、確かにこれは逆転現象としか言いようがない。

一体誰が、なんのためにこんなことをしているのだろうか。

我々を学園に閉じ込めて、何がしたいのだ？

……なんにせよ、採るべき選択《せんたく》は一つか。

「オリヴィア様、ここは一つ、シルフィーさん以外に犯人がいると考えて動くべきかと。現時点において、シルフィーさんを責めても何も出てこないでしょう」

「……アード・メテオール、貴様はどうなのだ？　この一件に何か心当たりは？」

「残念ながら、現段階では何も。ゆえにまず、聞き込みから始めるべきでしょう。学内の生徒達、一人一人に話を伺《うかが》い、なんらかの手がかりを摑むしかないかと」

「フン。気が遠くなるな」

「ええ。かなりの長期戦を覚悟《かくご》すべきでしょうが、根気よくやっていくしか――」

ない、と言い終える前に。

再び、あの音が鳴り響《ひび》く。


ゴゴゴゴゴゴゴゴゴ……


瞬間。

我が視界を、闇《やみ》が塗《ぬ》り潰《つぶ》した。

……意識の暗転に気付いたのは、果たしてどれだけ後のことだったのだろうか。
酩酊《めいてい》感にも似た目眩《めまい》を感じつつ、俺は無意識のうちに、
「うぅ」
苦悶《くもん》の声を漏《も》らしてからすぐ、強烈《きょうれつ》な違和感《いわかん》が襲《おそ》ってきた。
なんだ？　今のは俺の声、なのか？
それにしては、少々ハイトーンだったような気が……
それに、なんだろう。体が妙に軽い。
しかしその一方で、胸元《むなもと》だけが重く、肩《かた》に負荷が掛かっているような……
あと、足下《あしもと》が寒い。生足を晒《さら》しているかのような感覚である。
いったい、何がどうなって――
「ね、ねぇ、あんた。もしかして、アード、なの？」
……耳に入ったこの言葉は、口調だけであればイリーナのそれであるのだが。
俺が知っている音色ではない。声変わり寸前の少年といった、ハスキーボイスである。
奇妙な頭の重さを感じつつも、俺はなんとか瞼《まぶた》を開けた。
そうすることで、視界に映ったものは。
「う、うぅん……」

「あ、頭が痛いのだわ……」

瞼を閉じながら、こめかみを押さえるジニーとシルフィー……

に、よく似た姿の男子であった。

ジニーに似た生徒は中性的な美少年といった容姿で、彼女の弟と言われればしっくりくるような外見であった。

シルフィーに似た生徒もまた、奴をボーイッシュにしたらこうなるだろうな、といった顔立ちをしている。

両者共、男子用の制服を身に纏《まと》っており、先ほどの声も併《あわ》せて考えると、どこをどう見ても二人にそっくりな男子、なのだが。

「……これはいったい、どうなっているのだ」

威厳《いげん》に溢《あふ》れた重低音が耳に入る。

すぐ横から飛んできたそれに反応する形で、俺は声の主へと目を向けた。

そこに立っていたのは、色気溢れる獣人族の男。身動きしやすそうな軽装を身に纏い、艶《つや》やかな黒髪《くろかみ》を腰元《こしもと》まで伸《の》ばした彼の姿を見たと同時に……

ある人物が、重なって見えた。

……いやまさか、そんな。

一つの可能性に行き当たり、俺は冷《ひ》や汗《あせ》を流す。

間違いであってくれ。

そう願うのだが――

「おい、貴様。まさか、アード・メテオールか？」

獣人族の男の、驚嘆《きょうたん》した顔と、

「うぉおおおおおおおお!?　ないっ!?　お、おれのアレが、ないっ!?」

「いやぁああああああああ!?　なにこれぇ!?　なんか！　なんか付いてるぅううううううううう!?」

周りの生徒達の様子と、

「これは、まさか、本当に……！」

我が声の異様な高さ。

そして……胸元に付いている豊かなそれと、失ったアレを見て、確信を抱《いだ》く。

「ね、ねぇ、アード。もしかして、あたし達」

声の方を見てみると、そこにはイリーナによく似た、見目麗《みめうるわ》しい男子……

否《いな》。

男子になってしまった、イリーナちゃんが立っていて。

「あたし達、性別が逆になっちゃったの……!?」

俺の考えを、代弁するのであった。

「そ、そんな……！　お、女の悦《よろこ》びを知ることもなく、男になってしまうだなんて……！」

泣き崩《くず》れるジニー。

「なんか下の方が気持ち悪いのだわ。男ってこんな気分で生活してんのね。アタシには合わないのだわ」

己《おのれ》の下腹部を見やりつつ、眉間《みけん》に皺《しわ》を寄せるシルフィー。

皆《みな》、大なり小なり困惑《こんわく》しているようだが……俺はさすがにこれまで様々な修羅場《しゅらば》を経験したからか、そこまでパニックにはなっていない。

反面、一般《いっぱん》の生徒達は違《ちが》うようで、

「も、もうお嫁《よめ》さんに行けない……！」

「帰ってきてくれぇぇぇぇ……！　俺の宝物ぉぉぉぉぉ……！」

夕陽《ゆうひ》に照らされた校門の前で、多くの生徒達がパニックを起こす。

そんな中。

一部の元男子達が、我々の方を見て、口々に呟《つぶや》いた。

「あ、あれって、イリーナちゃんか？」

Before
Before
Before

「その横に立ってるのは……ジニー？」

「お、おれのシルフィーが、ショタになっちまった……！」

「……あのオリヴィア様なら、抱《だ》かれてもいいかなぁ」

そんな呟き声は、やがて俺に対する感想の声へと変わっていった。

「つーか、あのとんでもない美少女は誰《だれ》だ？」

「肩まで伸ばした黒髪……細い腰元……そして、形が良すぎる巨乳《きょにゅう》……！」

「なんか、アードっぽさがあるような……」

「マジかよ……！　アードって、女になったらあんなふうになるのか……！」

「股間《こかん》からは失われたが、心の中には残ってる俺のアレが、ギンギンに反応してやがる……！」

元・男子、現・女子の面々が、ケダモノじみた目でこちらを見つめてくる。

それは、奴等《やつら》だけではなかった。

「え、嘘《うそ》。あの子、アード君なの？」

「か、可愛《かわい》い……！　アード君、いえ……アードちゃん、マジ可愛い……！」

「お、おかしいわ。女の子同士なのに、なぜだか、胸がときめく……！」

元・女子、現・男子の連中もまた、危《あや》うい視線をこちらに注いでくる。

気付けば、さっきまで嘆《なげ》きを叫《さけ》んでいた面々までこちらを見つめており……

「なんかわたし、男になってよかったとすら思えてきたわ」

「ねー。アード君改め、アードちゃんとアレコレ出来るんだもの。男って最高よね」

「隙《すき》を見て押し倒《たお》しちゃおうかな……！　ぐふふふ……！」

ヤバい。

我が脳内が、その一言で埋《う》め尽《つ》くされた。

まるで、古代世界における人生に似た状況《じょうきょう》であった。

野郎《やろう》共が日々、我がケツを狙《ねら》って目を光らせていた、あのトラウマな日常。

それがまさに、再現されつつある……！

「……オリヴィア様。私は先ほど、長期戦を覚悟する、などと言いかけましたが。前言を撤回《てっかい》いたします。今回の一件、なんとしてでも早期解決をすべきかと」

「……あぁ、同感だ」

オリヴィアもまた、現在の己に心地《ここち》の悪さを感じているのか、力強く頷《うなず》いてきた。

かくして。

俺は男としての平穏《へいおん》を取り戻《もど》すべく、奔走《ほんそう》することになったのだった——

◇◆◇

事件の超《ちょう》スピード解決を心の底から誓《ちか》った俺は、男子になってしまったイリーナ達を連れて、校内を駆《か》け回った。

そうして根気強く聞き込み調査を行うのだが、やはりすぐには手がかりは摑《つか》めない。

もし永遠にこのままだったら、どうしよう。

……女の体になったからか、男だったときよりも、メンタルが弱くなっているような気がする。

その反面。

「大丈夫《だいじょうぶ》よ、アードっ！　あたし達ならこんな状況、すぐに解決できるわっ！」

イリーナちゃん改め、イリーナ君はメンタルが強化されているように思えてならない。

口調こそ女言葉だが、その凛々《りり》しい顔立ちはとても逞《たくま》しくて……

そんな彼女もとい彼に胸が高鳴るのは、なぜだろうか。

「あれ？　どうしたの、アード？　顔が紅《あか》いけど」

「い、いいえ、なんでもありません」

「……これは、よくない傾向《けいこう》、ですわねぇ。この事件、早急に解決せねば」
中性的な顔立ちに闇《やみ》を宿すジニーさん改めジニー君。
そんな様子もなんだか格好良く見えてしまう。
こ、これが、女の感性というやつなのだろうか……！
危うい……！　これはなんというか、危ういぞ……！
このままでは、イリーナ達を以前のような感覚で見られなくなってしまう……！
ゆえに俺は、藁《わら》にも縋《すが》るような思いで手がかりを求めた。
しかし、一〇人、二〇人と当たっていくが、答えは皆一様に、
「ごめん、何も知らないわ。……ていうかアードちゃん、マジ可愛い。ぐへへへへ」
こんなんばっかりである。
そうこうしている間にも、

ゴゴゴゴゴゴゴゴ……

あの逆転現象は、発生し続けていた。
まず昼夜が逆転し、夕暮れ時だった風景が、今や朝のそれになっている。

続いて味覚が逆転したらしく、辛《から》いものが甘く、甘いものが辛く感じるように。

さらにさらに……と、逆転現象が相次ぎ、校内は大パニックとなっている。

「死傷者が出ていないだけ、マシではありますが……このままですと、それもどうなるやらわかりませんね……！」

世のため人のため。

そして何より、俺自身のため。

根気よく、話を聞き回り、そして。

我々はついに、手がかりとなりうる情報を摑んだ。

それをもたらしてくれたのは――

図書室にいた、一人のある生徒だった。

普段《ふだん》は静寂《せいじやく》に包まれているこの図書室であるが、現在は状況が状況だからか、少々の喧《けん》噪《そう》が広がっている。

そんな室内にて、俺はふと目にとまった生徒に声をかけた。

「ええっと。もしかして、貴女《あなた》はカーミラさん、でしょうか？」

「そ、そう言う貴方《あなた》は……アード、君？」

白髪《はくはつ》の美少年と化したカーミラが、おずおずと言葉を紡《つむ》ぐ。

外見は強者感に溢《あふ》れているのだが、口調は弱気そのもの。そんなギャップがたまらない……とか女子的な考えが胸の中を埋め尽くそうとするのだが、それをなんとか抑《おさ》え込み、カーミラに問いを投げた。

「本日、何かおかしなことはありませんでしたか？　この一件に繋《つな》がりがなさそうなことでも結構です。何かしら、奇妙《きみょう》な出来事があったならお聞かせ願いたい」

「……わ、わたし、騒動《そうどう》が起きてからすぐ、ここに来たの。ちょっと前、ここで見た歴史書に、今回の一件に似たような事件が載《の》ってたような気がして……だ、だから、アード君の役に立てるかもって、そう思ったんだけど……」

どの本に載っているのか忘れてしまったらしく、現在手当たり次第《しだい》に調査中とのこと。

「あ、あと、これは関係ないかもしれないんだけど……」

「構いませんよ。どんなことでもおっしゃってください」

「う、うん。別のクラスの人がね、ダンジョンの開かずの扉《とびら》が開いてるって、騒《さわ》いでたんだけど……」

「開かずの扉？」

「入学してからすぐ、ダンジョンでミノタウロス倒したでしょ？」

「……あぁ、ジニーさんに個人レッスンをした際のアレですか」

「あのときのアード君は、まるで《魔王《まおう》》様みたいに素敵《すてき》でしたわぁ～」

頰《ほお》を赤らめながら身をくねらせるジニー。いつもの彼女がやれば愛らしい仕草に映るのだろうが……今は男になっているので、絶妙《ぜつみょう》に気持ちが悪い。

さておき。

開かずの扉がどこにあるのかは理解した。

以前、俺はイリーナとジニーを伴《ともな》ってダンジョンの下層へと潜《もぐ》り、階層主であるミノタウロスを打倒《だとう》したことがある。その際の帰り道に巨大《きょだい》な扉を発見したのだが……当時は開くことが出来なかった。

「開かずの扉って確か、アルマタイト・キーがないと開けないとか表示されてたわよね」

「誰かがアルマタイト・キーなるものを手に入れたんでしょうか？　……というかそもそも、アルマタイト・キーってなにかしら？」

「よくわかんないけど、その開かずの扉が開いたせいで、こんなことになってるってこと？」

首を傾《かし》げるシルフィーにつられて、皆《みな》が同じような仕草をする。

俺は無駄《むだ》に細くなった自分の顎《あご》に手を当てつつ、現段階における結論を述べた。

「手がかりが乏《とぼ》しい今、開かずの扉が全《すべ》ての元凶《げんきょう》であると考えて調査した方がよいでしょうね。カーミラさん、情報提供、まことにありがとうございます」

「も、もう一つの情報は、まだ時間がかかりそうだけど……わたし、頑張《がんば》るから……！アード君と……皆のために……！」

決意に満ちた目で言うと、カーミラは棚《たな》に並んだ本の数々を確認《かくにん》し始めた。

「これからどうする？」

「そうですね、とりあえず――」

イリーナの問いに対する返答の途中《とちゅう》で。

「パパ～！」

「どこ～⁉」

……声色《こわいろ》に聞き覚えは全くないのだが、口調にはかなり覚えがある。俺はそんな声に反応して、図書室の出入り口へと目をやった。

そこに立っていたのは、

「もしや、ルミさんとラミさん、でしょうか？」

元・精霊《せいれい》の二人だが、現在は人間である。それゆえか、性別逆転の影響《えいきょう》を受けているようで……二人もまた、美少年へと変化していた。

愛くるしい顔立ちに変わりはないが、女子だった頃《ころ》に比べてやや骨格がしっかりとした印象である。

……なんというか、女というのは美しいものに一々ときめく生き物、なのだろうか。

美少年と化した双子《ふたご》にさえ胸の高鳴りを覚える自分が、実に気持ち悪い。

そんなふうに自己嫌悪《けんお》を抱《いだ》いていると、ルミとラミがこちらに目を向けて、小首を傾げた。

「もしかして、パパ～？」

「ていうか、ママ～？」

「……父か母かはさておいて。私はアード・メテオールで間違《まちが》いありません」

そう答えると、双子は美貌《びぼう》に華《はな》やかな笑《え》みを宿し、

「やっと会えた～～～～～！」

「ママ～～～～～！」

飼い主を見つけた子犬のように飛びついてくる。

「ママ柔《やわ》らか～～～い！」

「おっぱいおっき～～い！」

無駄に豊かに実った我が乳房《ちぶさ》に顔を埋《うず》める双子達。……なんだろう、この気持ち。まさかこれが、母性というやつだろうか。

どんどん女になっていく自分に悪寒《おかん》を覚えつつ、俺は双子に向けて口を開いた。

「わ、私を探しているような口ぶりでしたが、どうされたのです？」

「あ、そうだった、そうだった」

「あのね～、今起きてるヘンテコな現象なんだけどね～」

「多分、ダンジョンが原因だと思う～」

「ちょっと前から嫌《いや》な感じしてたもんね～」

「ね～」

ゆるゆるとした口調で話すルミとラミ。

「……具体的には、どこから嫌な感じがしていたのです？」

「えっとね～、かなり下の方～」

「気になったから、ちょっと行ってみたの～。そしたら――」

そのときだった。

まるでこれ以上は喋《しゃべ》らせぬと言わんばかりに、
ゴゴゴゴゴゴゴゴゴ……

再び例の音が鳴り響《ひび》いたかと思うと、次の瞬間《しゅんかん》、とんでもない展開がやってきた。

視界の逆転。

上と下が逆さまになり、そして……

先程《さきほど》まで天井《てんじょう》だった場所へ、我々は一斉《いっせい》に落下する。

俺やルミ、ラミはなんとか受け身をとったのだが、イリーナ達は強《したた》かに頭をぶつけ、

「きゃんっ!?」

「うっ!?」

「うげぇっ!?」

小さな悲鳴を上げただけで済んだのは、不幸中の幸いといったところだろうか。

涙目《なみだめ》になりながら頭をさする三人。その身を案じぬわけではないが……

今は、イリーナ達のことを考えている場合ではない。

「天地の逆転、となれば……!」

最悪の状況《じょうきょう》が脳裏《のうり》によぎった、その矢先のことだった。

「きゃあああああああああああああああ!?」

「お、落ちるぅうううううううううう!」

すぐ近く。窓の外から、数多くの悲鳴が飛んできた。

弾《はじ》かれたように窓を見やる。

果たして、そこには想像した通りの惨状《さんじょう》が広がっていた。

天と地が逆転したということは、これまで地面だったそれが天となり……空だった場所が地に変わるということ。

そうなれば必然。

外にいた者達は、蒼穹《そうきゅう》へ向かって落下することになる。

「とうとう、やって来ましたか……！」

当初から思い描《えが》いていた最悪の状況を前に、俺は心の底から嘆息《たんそく》しつつ、魔法を発動した。

まず、探知魔法で学園全域に存在する生徒や講師達を把握《はあく》。

続いて、外部にいる者達へと飛行魔法をかけた。

そうすることにより、空へ落ちていた生徒や講師が、その場で停止。

ある程度は飛行状態を自分でコントロール出来るよう、術式を改造してあるので、各々《おのおの》、自然と校舎の中へ避難《ひなん》していくだろう。

「ふう……これでひとまず安心、といったところでしょうか」

呟《つぶや》いてからすぐ、俺は双子へと向き直った。

「先程の続きですが。お二人が向かった先というのはもしや……開かずの扉ではありませんか？」

「そうそう〜」

「行ってみたら、やっぱり開いてた〜」

「……なるほど。これはもう確定ですね」

此度《こたび》の一件、間違いなく、開かずの扉が関係している。

何かしらの影響か、あるいは何者かの手によって、あの扉が開いた。その結果……扉の先にあった何かがこの状況を創《つく》り出したのだろう。

「問題は、扉の先に何が隠《かく》されていたのか。それは今、誰《だれ》が所持しているのか。所持者はどこにいるのか。この三点、ですが」

「隠されていたものについては、学園長やオリヴィア様がご存じでは？」

「ふむ。可能性はありますね。……ルミさん、ラミさん、お二人はカーミラさんのお手伝いをお願いします。我々は学園長とオリヴィア様に話を伺《うかが》って参りますので」

「わかった〜！」

「頑張ってね、ママ〜！」

手を振《ふ》る双子と、おどおどしたカーミラに見送られて、我々は急ぎ目的の人物のもとへと向かった。

学園長とオリヴィアの居場所は、先程用いた探知魔法によって摑《つか》めている。

どうやら二人は外部にいるらしい。

飛行魔法を用いて、イリーナ、ジニー、シルフィーの三名と共に、空中を移動する。

その末に、男性化したオリヴィアの姿を発見した。

どうやら、まだ外部にいる生徒達を避難させているらしい。

……その隣《となり》には見慣れぬ美女が宙に浮《う》かび、オリヴィアと同様に生徒達を避難させていた。

アレはいったい何者であろうか。そう考えていると、件《くだん》の美女がこちらを向いて、

「おや、君はもしや……アード君かね？　その横の君はイリーナ君で、その横がジニー君、そのまた横がシルフィー君、かな？」

「ええ、その通り、ですが……貴女《あなた》は？」

「おや？　わからんかね？　儂《わし》じゃよ。学園長のゴルドじゃ」

……嘘《うそ》だろ？

そう思ったのは俺だけではなかった。イリーナ達も皆、同じ顔をしている。

あの老齢《ろうれい》にさしかかった禿頭《とくとう》の男が、どうすればこんな美女になるのだろう。

生命の神秘を感じざるを得なかった。

「……アード・メテオール。我々に何か用か？」

「あ、あぁ、そうでした。お尋《たず》ねしたいことがございまして」

オリヴィア、ゴルドの両名に、開かずの扉《とびら》に関する詳細《しょうさい》を聞く。

と、美女化したゴルドが腕《うで》を組んで唸《うな》った。

「う～む。あの開かずの扉は、儂がこの学園の責任者となる前から存在していたものでなあ。詳細については、皆目見当《かいもく》がつかん。ただ……あの扉は絶対に開いてはならんと、そのように言い伝えられてはおる。そして、それを伝えたのは」

チラリと、オリヴィアの顔を見やるゴルド。

美男子と化したオリヴィアもまた、腕を組みながら難しい顔をして、

「そう。その通り、だが……いかんせん、古い記憶《きおく》だ。思い出すのに少々、手間がかかる」

眉間《みけん》に皺《しわ》を寄せつつ、天上と化した大地を見上げるオリヴィア。

そんなさまも格好が良い、などと、我ながら気持ちの悪い考えを抱いた矢先。

「……思い出した。あぁ、そうか。この一件はアレが原因か。なるほど、間違いないな」

なにやら得心した様子で呟く。

「……お聞かせ願えますか？」

「うむ。もうかれこれ千年以上前のことだ。ヴェーダがとある魔導《まどう》装置を創《つく》った」

ヴェーダ。その名を聞いた瞬間、俺はなんというか、「うへぇ……」という気分になる。

イリーナやジニー、シルフィーもまた同様であったらしい。

ヴェーダ・アル・ハザード。かつて、我が軍における四天王の一角を担《にな》った者。

その人間性は一言で表せる。即《すなわ》ち――マッドサイエンティストのド変態である。

「アレはなんというか、色々と複雑でな。一言では表せんのだが……しかし、装置としての効果は至って単純だ。因果に深く干渉《かんしょう》し、情理をねじ曲げる」

「つまり、事象あるいは概念《がいねん》の逆転、ですか」

「そうだ。……その装置を、奴《やつ》が単純な形に設計していたなら、こうはならなかった」

「……どういう意味です？」

「まず、装置の形状だが――アレは人型だ」

「人型」

「うむ。エルフの少女をモチーフとした形状で、そのコントロールは内蔵された人工精霊《せいれい》に一任されている」

「……うわぁ」

なんかもう、この時点でオチが読めた。

……ちなみに。人工精霊というのは読んで字の如《ごと》くである。かつてのルミ、ラミを代表とする精霊達を、魔法学によって再現した代物《しろもの》だ。一般《いっぱん》的なものはあらかじめ組み込んだ命令をただ実行するだけの存在でしかないのだが……

あのヴェーダが創ったものとなれば、そうした常識など通用せんだろう。

「奴の人工精霊は極《きわ》めて性能が高かった。無論、悪い意味でな。まるでヒトと同レベルの思考能力を有し、命令していない内容まで勝手に行う。……そんな人工精霊がある日、なんらかの理由で暴走した」

「……うわぁ」

「その際も、此度と似たようなことが起きてな。我々はどうにか魔導装置の機能を停止させ、学園の地下にあるダンジョンへと封印《ふういん》した。……それがまさか、千年の時を経《へ》て復活するとは」

心底うんざりした様子でため息を吐《つ》くオリヴィア。

そんな彼女へ、イリーナが片眉《まゆ》を上げながら口を開いた。

「でも、どうして封印が解かれたのかしら？　いったい誰が、なんのために？」

彼女の疑問に我々が黙考《もっこう》を始めた、その瞬間。

「それはねェ～。アード・メテオール、アナタのおかげだよォ～」

前触《まえぶ》れなく響《ひび》き渡《わた》った第三者の声を受けて、我々は一斉に首を動かした。

眼下、晴れ渡った青空を背景に、一人の少女が浮かんでいる。

外見年齢《ねんれい》は我々とそう変わりがない。一五かそこらだろうか。

褐色《かっしょく》の肌《はだ》が多分に露出《ろしゅつ》した衣装《いしょう》を身に纏《まと》っており……むき出しの手足は、白熱の煌《きら》めきに覆《おお》われている。

人工物と人間が融合《ゆうごう》したかのような、異形の姿。

アレは間違《まちが》いなく、

「件の魔導装置、ですか」

「そうだよォ～？　ネメシスって呼んでねェ～？」

「……ではネメシスさん、先程の言葉は、どういった意味でしょうか？」

こちらの問いかけに、ネメシスはケラケラと笑った。

「そのまんまだよォ～？　あそこから出してくれてありがとォ～」

「身に覚えがないのですが」

「まァ、そうだろうねェ～。間接的だものねェ～」

「……どういう意味ですか？」

「ここ最近、君がダンジョンの中で色々と暴れてくれたからさァ～。扉の封印が緩《ゆる》んでくれたんだよねェ～」

……痛い。オリヴィアの視線が、ものすごく痛い。

「責任をとれ、アード・メテオール」

「ええ、なんというか、申し訳ない」

冷《ひ》や汗《あせ》を流しつつ、俺はネメシスに言葉を投げた。

「このようなことはもうおやめください。逆転した事象を元に――」

「戻《もど》さないよォ～？　こんなにも楽しいのに、戻すわけないじゃァ～ん」

「楽しい？」

「そうだよォ～。皆《みな》が困ってる顔を見るとねェ～、楽しくて楽しくて、仕方ないのォ～」

「……なるほど、オツムの方は未《いま》だ、暴走したままというわけですか」

こちらの呟きが、聞こえたのか、いないのか。

ネメシスは唇《くちびる》を半月状にねじ曲げると、

「アード・メテオールゥ～。君には感謝してるよォ～。だから感謝の証《あかし》としてェ～……さんざん困らせてから、冥府《めいふ》に送ってあげるねェ～」

邪悪《じやあく》さを滲《にじ》ませた声が放たれると同時に、無数の魔《ま》法陣《ほうじん》が、奴を囲むような形で顕現《けんげん》する。

「攻撃《こうげき》機能まで搭載《とうさい》されているのですか」

「あぁ、ヴェーダの趣味《しゅみ》だ」

「それはそれは……」

嘆息《たんそく》するや否《いな》や。

「キャハハハハハっ！　死んじゃえ〜〜〜〜〜〜！」

五大属性の攻撃魔法が、雨あられと飛んでくる。

俺は場にいる皆に対し防御《ぼうぎょ》魔法を発動。

半透明《はんとうめい》な球体状の防壁《ぼうへき》が、皆を守護する。

敵方が繰《く》り出した攻撃の群れは、防壁に直撃すると同時に消失。

さすが、あのヴェーダの発明品といったところか。我が防壁にヒビを入れるとは。

「……学園長。そして、オリヴィア様。皆を校内に避難《ひなん》させてください。彼女は私が対応いたしますので」

反論は返ってこなかった。

皆、オリヴィアや学園長に付き従い、急ぎ足でその場から離《はな》れていく。

これで思うがままに戦える……と、そう思ったのだが。

「避難なんか、させないよォ～？」

邪《よこしま》な笑《え》みを浮かべたネメシスの体が、ほんの一瞬《いっしゅん》煌めいてからすぐのことだった。

再び地鳴りのような音が鳴り響く。

そして――

「あ、あれっ!?」

「わ、私達、校舎に入ったはず、ですよね？」

「……なるほど、これは厄介《やっかい》だな」

校舎の入り口前で当惑《とうわく》した様子のイリーナ達。

状況《じょうきょう》を理解しているのは、オリヴィアと俺だけのようだった。

「行動意思の逆転、ですか」

「そうだよォ～。ついでにもう一つオマケしてェ～」

言うや否や、再び彼女の全身が発光し、地鳴りのような音が響く。

「アード・メテオールゥ～～～。あの子達が大事なんだよねェ～～～？」

ネメシスの唇が半月状に歪《ゆが》んだ、次の瞬間。

彼女の周囲に、複数の魔法陣が再び顕現する。

前後して、陣から無数の攻撃魔法が放たれた。

その標的はこちら、ではなく。

イリーナ、ジニー、シルフィーの、三人だった。

「……任せろ」

向かい来る魔法に対し、オリヴィアが迅速《じんそく》な行動を見せる。

三人を庇《かば》うように前へ出ると、携《たずさ》えた剣《けん》を抜《ぬ》き放ち、一瞬にして一〇〇を超《こ》える斬撃《ざんげき》を繰り出した。

通常であれば、ネメシスが放った全《すべ》ての魔法は、オリヴィアの居合によって消失するはず、なのだが……

「むっ……！」

なぜだか魔法の一部が消えることなく、オリヴィアの身に直撃。

岩塊《がんかい》が彼女の全身を叩《たた》き、容赦《ようしゃ》なく吹《ふ》き飛ばす。

「オ、オリヴィア様っ⁉」

「……うろたえるな。たいしたダメージではない」

そう言いつつも、彼女の額からは一筋の鮮血《せんけつ》が流れている。

「キャハハハハっ！　どうかなアード・メテオールゥ⁉　困るよねェ⁉　あの子達が攻

撃されたら、困っちゃうよねェ!?」

「……この程度の挑発《ちょうはつ》で、私の心が動くとでも？」

実際のところ、動揺《どうよう》は微塵《みじん》もない。

それが気に入らなかったか、ネメシスは頬《ほお》を膨《ふく》らませ、

「ふぅ〜〜〜ん。だったらァ……困るまで攻撃しちゃうもんねェ〜〜〜！」

再び魔法陣を無数に顕現させ、攻撃魔法を雨あられのように撃《う》ちまくる。

今回もやはり、イリーナ達を狙《ねら》ってのものだった。

「させませんよ」

こちらも術式を構築し、皆を守るべく防御魔法を発動する。

《メガ・ウォール》を何十層も重ね掛《か》けた、まさに鉄壁《てっぺき》の守備。

やはり通常であれば、この防壁を打ち破ることは不可能……なのだが。

ネメシスの攻撃魔法が直撃してすぐ、展開した防壁が、敵方の攻撃を相殺《そうさい》する形で砕《くだ》け散った。イリーナ達は……どうやら無傷のようだ。

それを確認《かくにん》しつつ、俺はボソリと呟《つぶや》く。

「……ふむ。やはり、そういうことですか」

通常であれば絶対に破壊《はかい》出来ぬ防壁が、なぜだか粉砕《ふんさい》されてしまった。

そのカラクリについて、俺やオリヴィアは既《すで》に気付いているのだが……イリーナやジニーにはまだ、皆目《かいもく》見当がつかないらしい。

「う、嘘《うそ》でしょ……!?」

「さ、さっきの防壁って、かなり凄《すご》いもの、でしたよね？　まさかあんな、簡単に砕けるだなんて……」

彼女等の当惑を見つめながら、ネメシスが勝ち誇《ほこ》るかの如《ごと》く、唇を吊《つ》り上げた。

「自慢《じまん》じゃないけどねェ～。ワタシってば、超絶《ちようぜつ》弱っちぃんだよねェ～。でもォ～……そうだからこそ、アード・メテオールゥ～。君はワタシに勝てないんだよォ～？」

嘲笑《あざわら》うかのような口ぶりだが、やはりこちらに動揺は皆無《かいむ》。

俺は平静を保ちつつ、現状のカラクリについて、言及《げんきゆう》する。

「おそらくは……強者と弱者、その関係性の逆転、といったところでしょうか」

口にした瞬間、ネメシスの笑みが一層深いものになった。

「せ～かいだよぉ～～ん！　強者は弱者にっ！　弱者は強者にっ！　よってこの場に立つ存在の中で、今一番強いのはこのワタシっ！　もう、誰《だれ》もワタシには勝てないっ！」

悠然《ゆうぜん》と胸を張ってみせるネメシスに、イリーナ達が冷や汗を流した。

「強者は弱者に、弱者は強者に、って……！」

「強ければ強いほど、弱くなる……！　これじゃあまるで、アード君の天敵じゃないですか……！」

二人からしてみれば、ネメシスの力はまさに反則そのものであろう。

勝ち筋がまるで見えず、ゆえに絶望している。そんな表情だった。

我が姉貴分、オリヴィアもまた、僅《わず》かながらも動揺しているようだ。

「……手伝いが必要か？　アード・メテオール」

この言葉に、俺は微笑《びしょう》を浮《う》かべながら、首を横へ振《ふ》った。

「いいえ。不要にございます、オリヴィア様」

「……しかし、このままでは勝てんぞ」

「ええ。勝ち目はありません。それゆえに――」

俺はオリヴィアからネメシスへと視線を移動させつつ、宣言した。

「勝利することなく、この状況を収めてみせましょう」

自信を抱《いだ》きながら発した言葉だが、ネメシスには負け惜《お》しみに聞こえたのだろうか。

「キシシシシっ！　収められるもんなら、やってみなよっ！」

叫《さけ》ぶと同時に、攻撃魔法を大量に飛ばしてくる。

それを前にして、俺は微笑を崩《くず》すことなく、

「力量の強弱のみが、戦況《せんきょう》を決定づける要素である、と。そうお考えのようですが」

勝利を確信する相手に対し、断言する。

「そのようにしか考えられぬ者は三流であると、このアード・メテオールがお教えして差し上げましょう」

迫《せま》り来る魔法に対し、俺は……あえて、何もしなかった。

必然、直撃を浴びる。

雷撃《らいげき》が内臓を、炎撃《えんげき》が表皮を焼く。

続いて氷柱が全身を貫《つらぬ》き、岩塊が骨を砕く。

「キシシシシっ！　カッコ付けといてこれかよォ～！　ダッさ～いっ！」

こちらを嘲笑うネメシス。

だが、次の瞬間。

周辺空間の異変に気付いたことで、その笑みが曇《くも》り出す。

「おかしいなァ？　おかしいくらい、静かだなァ？　なんか変――」

言葉の途中《とちゅう》。

激変が、始まった。

天地が逆転した校庭の様相。それが次第《しだい》にねじ曲がっていき……

全く別の空間へと、変わっていく。

そこにあるのは、白のみであった。

完全な白一色の空間にて。

俺の肉体が、時を巻き戻《もど》したかのように、正常な状態へと戻っていく。

「な、なにをしたのかなァ⁉ アード・メテオールっ！」

ここで初めて焦《あせ》りをみせながら、ネメシスが攻撃魔法を放ってくる。

それに対し、俺は——今回も、あえて何もしない。

防御《ぼうぎょ》も迎撃《げいげき》もせず、ただただ、攻撃魔法を受け入れた。

先刻と同様に、全身がグシャグシャに粉砕される。

が、その瞬間。

時を巻き戻したかのように、我が身の傷が癒《い》えていった。

「な、なんなんだよォ……⁉ なにしたんだよ、お前ェ……⁉」

強い焦燥感《しょうそうかん》を浮かべるネメシスへ、俺は微笑と共に回答を送った。

「たった今、貴女《あなた》と私自身を固有空間へと封印《ふういん》いたしました。この空間は時が固定されておりましてね。私も貴女も、完璧《かんぺき》な健康状態が維持《いじ》されるようになっています。もしそれを害したとしても、すぐさま元に戻る。今し方のようにね」

穏《おだ》やかに笑いながら、俺は語り続けた。

「私は貴女に勝つことが出来ない。しかしそれと同様に……貴女もまた、この空間においては私に勝利出来ない。よって我々が出来ることと言えば……対話だけです」

「対話ァ……!?」

「ええ。暴走した貴女が元のそれに戻るまで、根気よく説得させていただきます」

「キシッ！　キシシシシシ！　馬鹿《ばか》かなァ、君は。ワタシに説得なんて——」

「無駄《むだ》やもしれませんが、まぁ、根気強くやらせていただきますよ。何せ時間はあり余っておりますから。それこそ……無限にね」

こちらの笑みがよほど不気味に映ったのだろうか。ネメシスの顔から再び余裕《よゆう》が消える。

「どういう意味、かなァ？」

「そのままですよ。この空間は時が固定されているがゆえに、外部と干渉《かんしょう》することがない。即《すなわ》ち……この空間内でどれほど時を過ごしても、外部からすれば一瞬の出来事に過ぎません。それゆえに」

俺はこれ以上なく穏やかに、ゆったりした口調で、言った。

「貴女が元に戻るまで、私は説得を続けます。たとえ何百億年過ぎようとも、ね」

現状を正しく理解したのか、ネメシスは何事も発さなくなった。

「争いを収める方法はね、暴力だけではないのですよ。時には対話によって解決することもある。今回はまさに、その典型例と言えるでしょう」

冷《ひ》や汗《あせ》を流すネメシスに反して、俺は満面に笑《え》みを浮かべながら、宣言する。

「さぁ、対話を始めましょうか？」

◇◆◇

当初は億単位の年数を覚悟《かくご》していたのだが……ネメシスは意外と早く、正常に戻ってくれた。

ざっと二四万とんで一八年といったところか。

この程度の時間で済んでくれて、実に助かった。

それからネメシスと共に現実世界へと戻ったあと、全《すべ》てが元通りとなり……

現在、我々は普段《ふだん》と同じ日常を過ごしている。

学園の教室にて、昼休みを迎《むか》えた俺達は、いつものように学食へ移動……する直前。

「ご主人様ァ～！　本日はネメシスがお弁当をご用意いたしましたよォ～！」

……全てが元通り、というのは一部間違《まちが》いであった。

正確には、我がクラスに一人、生徒が増えている。

そう、ネメシスだ。

正常に戻った彼女の処遇《しょぐう》について、再び封印するのも哀《あわ》れに思った俺は、彼女の監督《かんとく》役を務めることになった。

結果としてネメシスは学園の一生徒となり、常時俺の近くに置いて監視することになったわけだが……

元がこれなのか、あるいは対話によって狂《くる》ったのか。

ネメシスはこちらを主人と呼び、まるで従僕《じゅうぼく》のように甲斐甲斐《かいがい》しく世話を焼くようになった。

「あらァ～？　ご主人様、口にパン屑《くず》が付いてますよォ～？　ネメシスが拭《ふ》き取って差し上げますねェ～！」

「……なぜ顔を近づけてくるのですか」

「ネメシスの舌で拭き取って差し上げようかとォ～」

「……結構です。自分で拭きますので」

過激なスキンシップを頻繁《ひんぱん》にとってくるネメシスに、イリーナやジニーは苛立《いらだ》ちを覚えているらしい。

「アレ、どうにか出来ないかしら」

「現在、廃棄物《はいきぶつ》処理場に放《ほう》り込むプランを考え中です。もう少しお待ちくださいな」

一方で。

男子達はというと。

「今日もやってやがんなぁ」

「あ～、羨《うらや》ましい～」

普段ならこういうとき、殺意と憎悪《ぞうお》を向けてくるのだが……

ここ最近、彼等の視線が妙《みょう》に生暖かい。

その原因は、おそらく。

「ていうかさ、アードちゃんマジで可愛《かわい》かったよな」

「また女になってくんねぇかな。今度ネメシスに頼《たの》んでみようぜ」

「いやいや、男のままでもイケるね。俺は今回の一件でアードの魅力《みりょく》に気付いた気がする」

……なんというか。

新たな友人が加わると同時に、新たな問題を抱《かか》えるハメになってしまった。

ゆえに俺は、心の底からこう思う。


どうしてこうなった、と――

世界が
平和でありますように

滅びゆく者達のプレリュード

旧《ふる》き時代において、人類は上位存在の奴隷《どれい》であった。

《外なる者達《アウター・ワン》》と、その眷族《けんぞく》が扱《あつか》う強大な力――魔法《まほう》の存在により、人類は否応《いやおう》なしに屈《くっ》服《ぷく》せざるを得なかった。

人々は絶望の中、奴隷種として生き、死んでいく。

そうした歴史が積み重なった末に。

とうとう、救世主が現れた。

その名はヴァルヴァトス。

人類初の魔導士《まどうし》である。

彼は人類専用の魔法言語を創造し、その知識と技術を世界全土へと拡散。

これにより、虐《しいた》げられてきた者達の逆襲《ぎゃくしゅう》が開幕した。

人類の主権を取り戻《もど》す。

そんな理想を掲《かか》げたヴァルヴァトスのもとへ多くの人々が集結し、初の反乱軍が誕生。

以降、彼とその軍勢は破竹の勢いで快進撃《かいしんげき》を演じ、それに触発《しょくはつ》された人々が第二、第三の反乱軍を結成する。かくして、世は本格的に、戦乱の時代へと突入《とつにゅう》したのだった。

……それから幾星霜《いくせいそう》。

長き時が経過してなお、人類は未《いま》だ悲願を成し遂《と》げられてはいない。

その理由は主に二つ。

まずもって、全《すべ》ての人間が世界の変革に賛同したわけではなかった。

一部の人類は優等種として《外なる者達《アウター・ワン》》に認められており、社会の中で一定の地位を得ていた。

彼等はそれを手放すまいとして、反乱軍に牙《きば》を剝《む》いている。

上位存在達の圧倒《あっとう》的な力と、人間の物量。それらが革命を阻《はば》んでいた。

だが、最大の要因はやはり――

事の発端《ほったん》にして、人類の救世主たる男が、敵方に寝返ったこと。これがもっとも大きい。

始まりの反逆者、ヴァルヴァトス。

◇◆◇

彼は今、《外なる者達《アウター・ワン》》の犬へと成り下がっていた。

《外なる者達》支配下の領域、エルメネラ地方中央部。

この一帯は経済の心臓部とも称《しょう》されており、多くの流通網《りゅうつうもう》が集中している。

万一ここを押さえられてしまったなら、大陸内における経済状況《じょうきょう》は苦しいものとなろう。

ゆえに、この周辺地域は絶えず反乱軍に狙《ねら》われており、戦火が絶えない。

経済がどうなろうと《外なる者達《アウター・ワン》》からしてみれば痒《かゆ》みさえ感じないだろうが、しかし、彼等の眷族や、彼等に与《くみ》する人類種にとっては、経済への打撃は痛手となる。

流通の滞《とどこお》りは、食の供給にも大きな影響《えいきょう》を及《およ》ぼす。

飢《う》えればまともに動けなくなるというのは、人も眷族も同じ。戦《いくさ》において敵方の弱体化を図《はか》るのは必然ゆえ、反乱軍は躍起《やっき》となってこの地方を狙うのだ。

とはいえ、彼等の思惑《おもわく》は、今日に至るまで成就《じょうじゅ》していない。

そして今後も、叶《かな》うことはないだろう。

なぜなら――

この地政学的要所を守護しているのが、人類初にして最強の魔導士、ヴァルヴァトスその人だからだ。

彼は今まさに、陣頭《じんとう》指揮の真っ最中であった。

広大な平野の只中《ただなか》に設営された陣営。

それは小規模な砦《とりで》といった様相を呈《てい》しており、内部では多くの者達が怒号《どごう》を飛ばしている。

転送魔法によって前線から飛ばされてきた負傷者達による、痛ましい悲鳴。

彼等を救うべく奔走《ほんそう》する、医療班《いりようはん》の叫《さけ》び。

それらを目にしながら。

幕舎の中で、ヴァルヴァトスは戦況《せんきよう》報告への対応を行う。

前線より送られてくる念話の魔法。

無数の声を一度に聞き分け、最善と思《おぼ》しき命令を下していく。

「第二軍は右翼《うよく》を攻《せ》めよ。そろそろ敵方も疲弊《ひへい》する頃合《ころあ》いであろう。一気呵成《いつきかせい》に突撃《とつげき》し、守りを崩《くず》せ。第六軍はまだ待機だ。逸《はや》る気持ちを抑《おさ》えつつ、こちらの指示を待て。……おいロクサーヌ、貴様、突出するなと何度言えばわかるのだ。自重せよ」

声に対する応答を一通り終えると、ヴァルヴァトスは座椅子《ざいす》に腰《こし》を降ろしながら、大きく息を吐《は》いた。

そんな彼のもとへ、一人の騎士《きし》が足を運ぶ。

「陛下、ハーブティーと茶菓子《ちゃがし》にございます」

車輪付きの台座を押しながらやってきた彼の名は、リヴェルグ。

ヴァルヴァトスの側近にして、右腕《みぎうで》も同然の存在である。

薔薇《ばら》の騎士と称賛《しょうさん》されし美丈夫《びじょうふ》に目をやると、ヴァルヴァトスは「ふっ」と笑《え》みを零《こぼ》し、

「お前はやはり、俺をよく理解しているな。ちょうどそれが欲《ほ》しいと思っていたところだ」

「お褒《ほ》めにあずかり、恐悦至極《きょうえつしごく》に存じます」

頬《ほお》を紅《あか》くしながら一礼するリヴェルグ。

彼が運んできた茶と菓子を、ヴァルヴァトスはガツガツと食べ進めていく。

「うむ。やはり脳の疲《つか》れには、糖分が一番だな」

幸せそうに頬を緩《ゆる》めながら菓子を食する彼の表情には、先刻までの張り詰《つ》めた緊張感《きんちょうかん》など皆無《かいむ》。まるで可憐《かれん》な乙女《おとめ》のようである。

生来の圧倒的な美貌《びぼう》にあどけない笑みを宿すその姿は、薔薇の騎士にとってはもちろんのこと、負傷兵や衛生兵達にとっても心の癒《い》やしとなっていた。

「おぉ、陛下が微笑《ほほえ》んでいらっしゃる……！」

「なんと愛らしいお姿……！」

「あの御方《おかた》のためならば、死んでも後悔《こうかい》はない……！」

ほんの僅《わず》かではあるが、皆《みな》の心が穏《おだ》やかに緩む。
そんなとき。
ヴァルヴァトスの耳に、新たな念話が飛んできた。
『ヴァル……！　聞こえているか……！』
姉貴分たる女戦士、オリヴィアの声である。
苦悶《くもん》と懊悩《おうのう》を宿した声音《こわね》を聞き届けた瞬間《しゅんかん》。
遠方より、盛大《せいだい》な破壊《はかい》音が轟《とどろ》く。
「ま、まさか！」
「奴《やつ》だ！　奴が来るぞ！」
騒乱《そうらん》の中、ヴァルヴァトスは座椅子から立ち上がり、西方を睨《にら》む。
断続的に発生する破壊音は、確実にこちらへと近づいていた。
そして――
『すまない……！　またもや、突破を許してしまった……！』
曇《くも》りきったオリヴィアの声が、耳に入ると同時に。
「うぉらぁあああああああああああああッッ！」
獰猛《どうもう》な雄叫《おたけ》びが轟いてからすぐ、陣地と外界を隔《へだ》てる小規模な壁《かべ》が粉砕《ふんさい》され――

幾人《いくにん》かの戦士達が、本陣内部へと侵入《しんにゅう》する。

「き、来たッ！　来たぞ、あいつがッ！」

「前線の連中、今回も抜《ぬ》けられたのかよッ！」

「皆、逃《に》げろッ！　ここにいちゃ、陛下の足を引っ張っちまうッ！」

衛生兵が負傷者を担《かつ》ぎ上げ、一目散に退避《たいひ》する。

襲来《しゅうらい》した戦士達に対し、向かって行く者など皆無。

自分達は足手まといにしかならないということを、前回の戦闘《せんとう》で痛感したがための行動であった。

しかしただ一人、側近たる薔薇の騎士・リヴェルグは、腰に帯びた剣《けん》を抜き放ち、

「従者共は私が対応いたします。陛下はあの女を」

「……うむ。任せた」

そしてヴァルヴァトスは、彼女と二度目の対面を果たす。

白銀の髪《かみ》を風になびかせながらこちらを睨む、美しい女エルフ。

名は、リディア・ビギンズゲート。

反乱勢力の中心格を担う人物である。

彼女はその美貌に怒気《どき》を宿すと、一振《ひとふ》りの銀剣を握《にぎ》り締《し》め、一気呵成に踏《ふ》み込んできた。

向かい来る敵方に対し、ヴァルヴァトスは手元に得物を召喚《しょうかん》する。

自ら拵《こしら》えた魔剣、ウィルムツェペシュ。

闇《やみ》色の禍々《まがまが》しいそれを携《たずさ》えると同時に、彼我《ひが》の間合いはゼロとなり――

両者の刃《やいば》が、激突《げきとつ》する。

「まてめぇかッ！　白いチビスケッ！」

「……俺の手を煩《わずら》わせるな、白い馬鹿《ばか》女」

鍔《つば》迫《ぜ》り合い、大輪の火花を咲《さ》かせながら、二人は互《たが》いの顔を睨む。

そして。

「今回は勝たせてもらうぜッ！」

リディアは両足に力を込《こ》め、尋常《じんじょう》ならぬ膂力《りょりょく》を解き放った。その圧倒的なパワーにヴァルヴァトスの小柄《こがら》な体が吹《ふ》き飛ばされると同時に、戦闘が本格的な始まりを迎《むか》える。

「来い、単細胞《たんさいぼう》」

「誰《だれ》が単細胞だ、ゴラァッ！」

激しくぶつかり合う白い二人。

一方で、彼等の配下達もまた、死力を尽《つ》くしていた。

「薔薇の騎士……！　あのバケモノの側近を務めるだけのことはある、か……！」

「ええいっ！　リディーの援護《えんご》をしなきゃならないってのにっ！」

数人の敵方に対し、リヴェルグはただ一人で対応してみせた。

あらゆる要素において万能な彼は、剣も魔法《まほう》も達人級の腕前《うでまえ》であり、オリヴィア共々、武官の頂点たる四天王の一角を務めている。

その力量はまさに規格外。相手方も絶大な戦闘力を有する戦士達だが、リヴェルグはそれを単独で抑え込むほどの怪物《かいぶつ》であった。

「今回は最低でも一人か二人、仕留めたいものですね」

リヴェルグが壮絶《そうぜつ》な戦働きを見せる中。

ヴァルヴァトスは、防戦一方であった。

「おらおらおらおらおらぁああああああああああああっ！」

嵐《あらし》のような猛攻《もうこう》を、ヴァルヴァトスは真っ向から受け止め続けている。

そうしながら相手方を観察し、好機を窺《うかが》う。

……元来、こうした接近戦の類《たぐ》いを好む輩《やから》には、近づかずに戦うのが定石というもの。

ヴァルヴァトスとてそれは理解している。相手の間合いから離《はな》れ、魔法による遠距離《えんきょり》攻《こう》撃《げき》を中心に戦術を組み立てるといった判断が、こうした手合いに対する正解であろう。

しかし。

リディアに対してはその正解が、悪手へと変わってしまうのだ。

なぜなら——

「ッ！　今だッ！　受け取れ、リディーッ！」

リヴェルグが見せた一瞬の隙《すき》を突《つ》いて、敵方の一人が攻撃魔法を放つ。

鋭《するど》い氷の矢が虚空《こくう》を引き裂《さ》く。

それが向かう先は、ヴァルヴァトス、ではなく。

敵大将、リディアであった。

あまりに非常識な行動に、初見であれば当惑《とうわく》する他《ほか》ないだろう。実際、ヴァルヴァトスも最初に対峙《たいじ》した際は目を眇《すが》めたものだ。

だが、実態を知る今は——

「チィッ！　させるものかッ！」

相手の思惑を妨害《ぼうがい》すべく、攻勢に転じようとするが。

「いいやッ！　させてもらうねッ！」

後方へ飛び退《の》いたリディアは、牙《きば》を剝《む》くように嗤《わら》いながら、叫ぶ。

「《セル・ヴィディアス》《脅威を糧とせよ》ッ！」

刹那《せつな》、彼女が携えていた銀剣が、眩《まばゆ》い煌《きら》めきを放ち——

殺到《さっとう》する氷の矢が、その刀身へと吸い込まれていった。

それと同時に、

「うぉっしゃあああああああっ！　行くぜ行くぜ行くぜぇぇぇぇぇぇぇぇぇッ！」

リディアが、激烈《げきれつ》な踏み込みを見せた。

大地が抉《えぐ》られ、膨大《ぼうだい》な土塊《つちくれ》が宙を舞《ま》う。

間合いはすぐさまゼロとなり、再び両者の剣が激突する。

轟音《ごうおん》が響《ひび》き、衝撃波《しょうげきは》が広がる中、ヴァルヴァトスは歯噛《はが》みした。

「げに恐《おそ》ろしきは、聖剣の力、か……！」

聖剣。そう、聖剣だ。

リディアが手にする銀剣は、その名をヴァルト＝ガリギュラスという。

これは超《ちょう》古代にて創造された、神滅《しんめつ》兵装と称《しょう》される武具の一つで、魔導士《まどうし》殺しの異名を有している。

このヴァルト＝ガリギュラスには、魔法攻撃を吸収し、使い手のパワーに変換《へんかん》するといった能力が備わっていた。

ゆえに、魔導士殺し。

この聖剣を手にした者に対しては、いかなる魔法も意味をなさない。それどころかむしろ、敵の力へと変えられてしまう。

それを知らずに臨《のぞ》んだ初見時の戦闘において、ヴァルヴァトスは初手で決着を付けるべく、大技《おおわざ》を用いた結果――

敗北寸前まで、追い込まれてしまった。

しかし。

「お前にとってはあの瞬間こそが、最初で最後の好機だった。それを証明してやる」

リディアの激しい猛攻をしのぎながら、ヴァルヴァトスは次第《しだい》に腰《こし》を落とし――

「どらぁあああああああああッ！」

敵方が大上段へと振りかぶった、その瞬間。

「ハッ！」

裂帛《れっぱく》の気迫《きはく》を放つと共に、ヴァルヴァトスは突撃《とつげき》を敢行《かんこう》。

振り下ろされたリディアの聖剣が、ヴァルヴァトスの肩《かた》に食い込む。

だが――一刀両断とは、いかなかった。

もし、刀身の中心部が彼の身を捉《とら》えていたなら、今頃《いまごろ》ヴァルヴァトスの華奢《きゃしゃ》な体は二つに分割《ぶんかつ》されていただろう。

だが、超至近距離にまで間合いを詰《つ》めたことによって、彼の身を裂いた刀身部は力が分散しやすい根元になった。

ゆえに聖剣は肩の肉を僅かに裂いた程度に留《とど》まり——

その時点で停止。

そして攻撃終了《しゅうりょう》後の、ほんの一瞬。

それは瞬《また》き一つ分にも満たない、寸毫《すんごう》の極地であるが、しかし。

ヴァルヴァトスにとっては、十分な好機であった。

「ぬんッッ！」

再び気合いを放ちながら、剣の柄尻《つかじり》を相手の鳩尾《みぞおち》へと叩《たた》き込む。

「がぁッ⁉」

まともに食らったリディアは喀血《かっけつ》し、派手に宙を舞った。

華奢な矮軀《わいく》に似合わず、ヴァルヴァトスの腕力《わんりょく》は桁外《けたはず》れに強い。今の一撃でリディアの内臓は破裂《はれつ》し、体内に広がった衝撃は肋骨《ろっこつ》を微塵《みじん》に砕《くだ》いたことだろう。

その証《あかし》として、彼女は地べたに這《は》いつくばりながら、血反吐《ちへど》をぶちまけ続けていた。

まさに、肉を切らせて骨を断つ。

古《いにしえ》より伝わる言葉を実践《じっせん》してみせたヴァルヴァトスは、リディアに黒剣の切っ先を向けながら、口を開いた。

「貴様の剣は素人《しろうと》のそれだ。単純愚鈍《ぐどん》な喧嘩《けんか》殺法など、この俺には通じぬ」

それが敗因であると、暗にそう述べながら、ヴァルヴァトスはゆっくりと歩を進めた。

敵対象の首級を、挙げるために。

だが――

依然《いぜん》として喀血を続けるリディアの傍《そば》に、そのとき、一人の少女が出現した。

転移の魔法によるものだろう。彼女は一瞬だけヴァルヴァトスを睨《にら》んだが、しかし、攻撃を行うことはせず、

「……撤退《てったい》」

ボソリと呟《つぶや》いた瞬間《しゅんかん》。

彼女とリディア、そしてリヴェルグが対応していた戦士達の姿が、その場より消失した。

「……今回も逃げられた、か」

リディアが作った血だまりを見つめつつ、ヴァルヴァトスは嘆息《たんそく》する。

そんな彼に、リヴェルグが小さな声で、

「あるいは、逃がしたと言うべきやもしれませんね」

こちらをジッと見つめる彼の目には、何かを試《ため》すような意思が宿っていた。

けれども。

ヴァルヴァトスはそれをあえて無視しながら、蒼穹《そうきゅう》を見上げて。

再び、大きなため息を吐《つ》くのだった。

◇◆◇

世界全土に散らばる反乱軍の中心的存在、リディア・ビギンズゲート。

彼女が率いる軍勢は今回、《外なる者達《アウター・ワン》》支配下の領域内において、要所中の要所と呼ぶべき都市の陥落《かんらく》を狙《ねら》って動いていた。

ここを制圧されたなら、大陸内の経済網《もう》は押さえたも同然。そうなれば戦況《せんきょう》は大きく反乱軍に傾《かたむ》き、それを成し遂《と》げたリディアのカリスマ性は青天井《あおてんじょう》となるに違《ちが》いない。

その帰結として、彼女に感化された者達が革命戦士となって戦列に加わり……《外なる者達《アウター・ワン》》とその眷族《けんぞく》達からすれば、面倒《めんどう》なことになっていただろう。

もっとも、そうした支配者側の不都合を防いだことに、ヴァルヴァトスが誇《ほこ》らしさを感じることなどなかったが。

彼にとっては、ただ不愉快な命令をこなしただけ。それ以上でも以下でもない。

……さて。

リディアが撤退してからすぐ、反乱軍の面々もまた逃亡《とうぼう》を始め、此度《こたび》の戦《いくさ》はまたもやヴアルヴァトス軍の勝利となった。

状況《じょうきょう》が完了《かんりょう》したのなら、長居する必要はない。

帰り支度《じたく》を整えた後、彼は軍勢と共に帰路へと就《つ》いた。

オレンジ色に染まった空の下、穏《おだ》やかな平野を行く兵士達の群れ。

その顔は実に明るい。血みどろの戦いを演じた後、といった雰囲気《ふんいき》は皆無《かいむ》だった。

「いやぁ〜、にしてもマジで強ぇよな、リディア軍の連中は」

「まぁ、俺等ほどじゃねぇけどな。なんせホラ、うちには麗《うるわ》しの陛下がいらっしゃるから」

こうした雑談に耽《ふけ》っている兵士達を、ヴァルヴァトスは軍馬の上から見下ろしていた。

それは彼と同じように騎乗《きじょう》し、両隣《りょうどなり》を行くオリヴィア、リヴェルグも同様である。

「まったく、相手方は何を考えているのやら」

嘆息するリヴェルグ。その吐息《といき》がいかなる心理から漏《も》れ出たものか、ヴァルヴァトスはよく理解していた。

「……信念があるのだろう。人類同士で数を減らし合うことなど、絶対にありえぬ、と。そういった信念が、な」

此度の戦においても、負傷者は無数に出た。

だが、戦死者は皆無。

死を経験した者自体は多い。だが、霊体《れいたい》ごと消し去るような攻撃を浴びた者はおらず、誰《だれ》もが蘇生《そせい》可能であった。

そうだからこそ、戦死者ゼロという異常な結果が生まれ、兵士達の顔には戦帰り特有の悲愴《ひそう》感がどこにもない。

リヴェルグにはそれが、不可解で気持ちの悪い現実に映るのだろう。

「私にとって信念とは、目的を達成するための原動力です。しかし彼女等のそれは、目的の達成を困難にするようなもの。まるで自傷行為《こうい》だ」

このリヴェルグという男は、徹底《てってい》したリアリストであり、自らの理解から外れた者を嫌《きら》う。おそらく、リディアという女に心を開くようなことは永遠にないだろう。

反面、オリヴィアは違う考えを抱《いだ》いているようだ。

「信念、か。……そうだからこそ、わたしは二度も敗れたのだろうな」

腰元《こしもと》に提《さ》げた剣《けん》を見つめながら、か細い声で呟く。

そうしてから、オリヴィアはヴァルヴァトスに問いを投げた。

「なぁ。わたし達は、このままでいいのだろうか？」

ヴァルヴァトスは、何も答えない。

ただ美しい貌《かお》に、僅《わず》かな暗色を宿すのみ。

そんな彼に、オリヴィアはなおも追及《ついきゅう》の言葉を送ろうとするが、

「おやめなさい」

リヴェルグに遮《さえぎ》られ、それは叶《かな》わなかった。

「オリヴィア卿《きょう》。貴女《あなた》と陛下は昔馴染《むかしなじ》みと聞き及《およ》びましたが、しかし、今の貴女はもはや陛下の剣《つるぎ》であり、一家臣に過ぎません。分をわきまえなさい。我々は陛下に付き従うのみ。その御心《みこころ》に踏《ふ》み込もうなど、不遜《ふそん》にも程《ほど》がある」

射殺さんばかりに睨《ね》めつけてくるリヴェルグに、オリヴィアもまた怒気《どき》を込《こ》めた目を返すが……結局、彼女は吐き出そうとしていた言葉をしまいこんだ。

そうしたやり取りを目にしつつも、ヴァルヴァトスは沈黙《ちんもく》を続ける。

だが、遠方にぼんやりと、帰るべき場所の輪郭《りんかく》が現れた瞬間、

「……見よ、オリヴィア。あの壁《かべ》の向こうには、俺達が守るべき民《たみ》がいる。俺達が創《つく》り上げた、理想郷がある」

その声は、どこか重く。

他者への言葉というよりも、自分に言い聞かせているような、そんな口ぶりだった。

「俺達は、念願を叶えたんだ。だからもう…………いいじゃないか」

◇◆◇

かつてこの世界は、《旧《ふる》き神》と称《しょう》されし存在と、その眷族たる人類によって支配されていた。

当時は争いなど滅多《めった》に起きず、平和な時代が永らく続いていたという。

しかし、ある日を境に、世界は激変する。

異界より現れし侵略者《しんりゃくしゃ》、《外なる者達《アウター・ワン》》。彼等はこちら側に来て早々、宣戦を布告し、大規模な戦争活動を開始した。

絶対的な戦闘《せんとう》能力を有する彼等に対し、《旧き神》は聖剣を始めとする神滅《しんめつ》兵装を製造するなどして反抗《はんこう》したのだが……結末は無惨《むざん》なものだった。

以降、この世界は《外なる者達《アウター・ワン》》とその眷族が支配するようになり、人類は彼等の奴隷《どれい》へと成り下がった。

基本的人権や尊厳の全《すべ》てを奪《うば》われ、便利な家畜《かちく》として生きることを強《し》いられる。

人々はそうした状況を受け容《い》れざるを得なかった。

が、ヴァルヴァトスの登場により、世界は再び変化を迎《むか》える。

彼が人間用の魔法《まほう》技術を世界に広めたことで、数多くの反乱軍が誕生。

彼等の活躍《かつやく》により、人間の支配領域は次第《しだい》にではあるが、確実に増加している。

……そうした世の中において、異彩《いさい》を放つ土地があった。

メガトリウムと呼ばれる、小規模な国家がそれだ。

大型の都市程度の領土しか持たないこの小国は、《外なる者達《アウター・ワン》》が唯一《ゆいいつ》、人類による自治権を認めた土地である。


そんな極《きわ》めて特殊《とくしゅ》な小国の王、ヴァルヴァトスは、本日も政務室にて一人、黙々《もくもく》と書類に向き合っていた。

王の職場にしては実に無機質で、質素な内観。その中央に配置された作業机には、無数の羊皮紙が積み重ねられている。

ヴァルヴァトスはそれら一枚一枚に対し、真剣《しんけん》な面《おも》持ちで目を通していた。

「ふむ。下水道工事の予算が少なすぎるな。これでは現場の士気に関《かか》わるだろう。逆に、治安維持《いじ》費用が高く設定されすぎている。こちらを工事費用に充《あ》てるか」

王の職務は、こうした退屈《たいくつ》な内容が大半である。

それは極めて地味で、なおかつ面倒臭《めんどうくさ》い。

けれども、ヴァルヴァトスはそうした作業を苦に思うことはなかった。

書類に目を通していると、守るべき民の生活が脳裏《のうり》に浮《う》かぶ。

人々が一喜《いっき》一憂《いちゆう》しながら、活《い》き活きと暮らすさまが、自然と想像出来るのだ。

そこには上位存在達による理不尽《りふじん》や不条理など、どこにもない。

かつて自分達が目指した理想の社会が、このメガトリウムには存在する。

……だからこそ、現状は正しい選択《せんたく》の結果なのだと、ヴァルヴァトスはそう思っていた。

そう、思いたかった。

しかしながら、別の意見を抱く者達もまた多く存在する。

ヴァルヴァトスが次に手に取った羊皮紙は、それを証明するものだった。

「……配下達の嘆願書《たんがんしょ》、か」

その内容は、現状の変化を促《うなが》すもの。即《すなわ》ち――

再び、《外なる者達《アウター・ワン》》へ反旗を翻《ひるがえ》せと、そのように願う者達のメッセージだった。

「…………死にたがりの馬鹿《ばか》共め。なぜ俺の感情がわからんのだ」

苦々しい顔をしながら、ヴァルヴァトスは羊皮紙を丸めて、屑籠《くずかご》へと放《ほう》り込む。

そうした行動に、罪悪感を覚えながら。

「……俺は正しい選択をした。これがベストだ。現状を維持し続ければ、誰も、俺のもとから去って行くことはない。俺は間違ってなど、いない」

それは誰でもない、自らに言い聞かせるための内容だったのだが。

「左様にございます。陛下のご判断は常に正しい。誤りなどあろうはずもない」

側近たる薔薇《ばら》の騎士《きし》・リヴェルグの声を耳にした瞬間《しゅんかん》、ヴァルヴァトスはハッとなった。

自分としたことが、他者の入室に気付かぬとは。

相手が暗殺者であったなら、ともすると一撃《いちげき》、貰《もら》っていたやもしれない。

自らの不注意ぶりに赤面し、ヴァルヴァトスは己《おのれ》を恥《は》じた。

そんな彼に、リヴェルグは微笑《びしょう》を浮かべながら、

「ここ最近は、お目通しいただかねばならぬ書類がまっこと多うございます。ゆえに陛下の激務にも拍車《はくしゃ》がかかっておりましょう」

「……うむ。そうだな」

「不眠不休《ふみんふきゅう》で政務に励《はげ》まれるお姿は、まさしく賢王《けんおう》そのもの。しかし、いかな超人《ちょうじん》とて、ある程度の休息は必要かと」

「……あぁ。その通りだ」

ヴァルヴァトスはゆっくりと立ち上がった。

そうして、後の作業をリヴェルグに一任し、自身は仮眠室《かみん》へと移動する。

やはりこの部屋も実に無機質だった。

比較的手狭《ひかくてきてぜま》な室内には、質素なベッドだけが置かれている。

そこに倒《たお》れ込むと、ヴァルヴァトスは柔《やわ》らかい枕《まくら》に顔を埋《うず》めながら、瞼《まぶた》を閉じた――

◇◆◇

どのように忘れようとしても。どれだけ目を背《そむ》け続けようとも。

自分が自分である限り、過去が消えることは決してない。


今、ヴァルヴァトスの目前には、自らの幼少時代の一幕が映し出されていた。

生まれてからずっと、独り。捨て子であった彼は孤児院《こじいん》の長に拾われ、そこで育った。

孤児院に住まう者達は彼と同じ身の上が大半。しかしながら、誰もヴァルヴァトスを受け入れてはくれず、人類初の魔法使いである彼のことを悪魔と呼び、恐《おそ》れていた。

そうした状況《じょうきょう》の中、彼は独り、自問を続ける。

〝ぼくは、どうして生まれたのだろう〟

〝ぼくは、なんのために生きているのだろう〟

〝こんな歪《ゆが》みきった、残酷《ざんこく》な世界で。どうしてまだ、生き続けているのだろう〟

孤独《こどく》に、永遠と、見つからぬ答えを探し求める毎日。

そんな虚《むな》しい日々に終止符《しゅうしふ》を打ってくれたのが――姉貴分たる、オリヴィアだった。

『気に食わぬ人生のまま、終わってたまるか。そんな意地が人を生かすのだ。それは貴様とて同じだろう』

唯一、自分を恐れない少女。

唯一、まともに扱《あつか》ってくれた少女。

ヴァルヴァトスは彼女のために生きようと、そう思った。

オリヴィアが掲《かか》げる、世界の革命。人類の主権を奪還《だっかん》し、誰《だれ》もが笑って暮らせるような世界を創る。その手伝いをすることが、自分の生きる意味なのだと、彼はそう思った。

……この時点ではまだ、ヴァルヴァトスに首魁《しゅかい》としての矜持《きょうじ》はない。

自分はオリヴィアの悲願を叶えるための、暴力装置であると、そのように定義していた。

そこに変化をもたらしたのが、一人の少年。

オリヴィアに続く第二の友人である彼が、ヴァルヴァトスに暴力装置としての生き方ではなく、人間としての生き方を教え——

自らの死で以《もっ》て、ヴァルヴァトスに完全なる人間性を植え付けた。

『なぁ、ヴァル……お前は、この世界が好きか……？　俺は、嫌《きら》いだね……』

ある一件で《魔族》の怒《いか》りを買った彼は、凄絶《せいぜつ》な私刑《しけい》を受け、あまりに残酷な死に様を晒《さら》した。

友人の死を受けて、ヴァルヴァトスは強烈《きょうれつ》な自己意思を抱《いだ》く。

オリヴィアの理想が、悲願が、他人《ひと》ごとではなく、彼にとっての願いへと変わったのだ。

この世界を変える。

死んだ友のためにも、ぼくが……いや、俺が変えてみせると、そう誓《ちか》った。

そうして立ち上がった彼は、オリヴィアと共に反乱軍を結成。

生来の美貌《びぼう》と圧倒《あっとう》的な存在感が強いカリスマ性を生み、さらには人類初の魔導士という側面も手伝って、勢力は瞬《また》く間《ま》に成長していった。

まさに、人生の絶頂期であった。

老若男女《ろうにゃくなんにょ》問わず、多くの人々がヴァルヴァトスを慕《した》い、彼のもとへ集《つど》う。

皆《みな》の期待に応《こた》えるため、彼は戦士としても人間としても飛躍《ひやく》的に成長し、快進撃《かいしんげき》を続けていった。

当時の彼は、このまま最後まで突《つ》き進むことが出来るだろうと、そう思っていた。

自分は無敵の存在であり、自分が願えば全てが叶《かな》うと、そう信じていた。

けれど——

『君は強い。間違《まちが》いなく最強だ。けれどね、その力は敵を討《う》ち滅《ほろ》ぼし、自らを守ることは出来ても、誰かを守ることなんて出来やしないのさ』

奴《やつ》のせいで、全てが壊《こわ》れた。

奴のせいで、夢想の時間は終わった。

『君はこれからも勝ち続けるだろう。けれど勝利を収める度《たび》に、君は仲間を失っていく。最終的に立っているのは君だけだ。周りには誰も居ない。独りぼっちの国で、独りぼっちの王様を演じ続けるがいいさ。僕はそれを見てゲラゲラ笑ってやる』

奴の宣言通りになった。

それを阻止《そし》することは、出来なかった。

仲間が死んでいく。

勝利を収め、念願成就《じょうじゅ》へ近づくごとに、一人、また一人と、倒れていく。

かけがえのない友が。

守るべき者達が。

情け容赦《ようしゃ》のない現実の、犠牲《ぎせい》となる。

……このまま進めば、かつて死んでいった友への誓いを果たすことは出来るだろう。

でも。

その末路に、誰も居ない地平線だけが在《あ》るとしたなら。

自分の周りに、誰一人として残らないというのなら。

誓いを果たして、なんになる？

そう考えたヴァルヴァトスに、奴は選択肢《せんたくし》を与《あた》えてきた。

『僕の犬になれ。そうすればもう、何も失わずに済む。それどころか――君が望む全《すべ》てを与えてあげよう』

それはまさに悪魔の誘《さそ》いだと、そう理解していながらも。

彼は、選んだ。

守るべき者達のために。

自分のために。

ヴァルヴァトスは――

◇◆◇

まるで海底から水面へと急浮上《ふじょう》したかのような、気持ちの悪い感覚と共に、ヴァルヴァトスは目を覚ました。

「……また同じ夢、か」

ある日を境に、ヴァルヴァトスは悪夢に苛《さいな》まれていた。

そう、リディア・ビギンズゲートと出会ってからというもの、眠《ねむ》れば常に、過去のトラウマが夢として蘇《よみがえ》る。

それがいかなる意味を持つのか。

理解してはいるけれど、しかし、ヴァルヴァトスはあえて目を逸《そ》らし続けて居た。

「……くそ、寝汗《ねあせ》で着衣がベタベタじゃないか。気持ち悪い」

額に滴《したた》る脂汗《あぶらあせ》を不機嫌《ふきげん》な顔で拭《ぬぐ》うと、彼は大きなため息と共に上半身を起こした。

その瞬間。

「やぁ、ハニー。濡《ぬ》れ姿の君は、やはり実にセクシーだね」

部屋の片隅《かたすみ》から、美声が飛ぶ。

澄《す》み切った青空のように爽《さわ》やかで、中性的なそれは、何も知らぬ者からすれば惚《ほ》れ惚《ぼ》れとするような音色であろう。

だが、発声主の本質を知るヴァルヴァトスからしてみれば、その声は虫酸《むしず》が走るほど不快なものだった。

「……なんの用だ、メフィスト＝ユー＝フェゴール」

ランプの光に照らされた室内の、片隅。

濃密《のうみつ》な闇《やみ》の中に立つ一人の存在を睨《にら》みながら、ヴァルヴァトスは美貌に憎悪《ぞうお》を宿した。

「おいおい、そんな顔をしないでくれよ。僕が君に何をしたって言うのさ？」

いけしゃあしゃあと笑いながら、奴が一歩、二歩と歩み寄ってくる。

メフィスト＝ユー＝フェゴール。

《外なる者達《アウター・ワン》》が一柱であり、おそらくは彼等の頂点に立つ存在。

その容姿は幼い天使といった表現が似合いの、実に愛らしい顔立ち、だが……

外見は天使でも、中身は悪魔そのもの。

そんな彼は、身に纏《まと》うヒラヒラとした闇色の衣装《いしょう》と、艶《つや》やかな黒髪《くろかみ》をなびかせながら、ヴァルヴァトスのもとへと足を運ぶ。

そしてメフィストは、煌《きら》めく黄金色の瞳《ひとみ》を細めながら、

「君が二回も仕留め損《そこ》ねるだなんて、我が娘は実に優秀《ゆうしゅう》なんだねぇ？」

ニッコリと、魅惑的《みわく》な笑顔《えがお》を作るメフィスト。

その言葉を受けて、ヴァルヴァトスは無意識のうちに拳《こぶし》を握《にぎ》り締《し》めた。

リディア・ビギンズゲートは、このメフィスト＝ユー＝フェゴールと、エルフの娘《むすめ》の間に生まれた、ハーフ・エルフである。

そんな彼女がいかにして現在に至ったか。それは知る由《よし》もないし、知ろうとも思わない。

こちらはただ、彼の犬として命令を聞くだけで良い。

実の娘を殺せという、あまりにも不愉快《ふゆかい》な命令を、こなすだけで良いのだ。

「……まだ、たかだか二回だろうが。催促《さいそく》に来るには気が早かろう」

「うん？　いやいや、催促なんかじゃないさ。僕はただ、愛《いと》しのハニーの寝姿を見たいがために姿を現した。それだけのことだよ」

幼い天使のような美貌に、一層深い笑みを湛《たた》えながら、メフィストが手を伸《の》ばしてくる。

彼の細く、柔《やわ》らかな指が、ヴァルヴァトスの白い頬《ほお》に触《ふ》れる寸前――

「ふざけるな、この変態が」

明確な怒気《どき》を放ちながら、ヴァルヴァトスは相手の手を弾《はじ》いた。

「おやおや、相も変わらずつれないねぇ。けれど、そうだからこそ僕好みというものさ」

懐《なつ》かぬ犬を愛《め》でるような目をしながら、メフィストは口角を吊《つ》り上げる。

「いつまでも長居したいところではあるけれど、こう見えて僕も忙《いそが》しくてね。来て早々ではあるけれど、お暇《いとま》させてもらうよ」

「……二度と来るな、変態めが」

辛辣《しんらつ》な言葉を受けてなお、メフィストは楽しそうに笑う。

そして彼は、

「じゃあねマイ・ハニー。君がちゃんと、ペットとしての役割を果たしてくれることを期待するよ。さもないと――ものすっごく、楽しいことになるからね？」

可憐《かれん》な笑顔の奥に、おぞましい邪悪《じゃあく》を覗《のぞ》かせながら。

その姿を、消失させたのだった。

「…………」

しばらく、ヴァルヴァトスは虚空《こくう》を睨み据《す》えていたが、やがて大きく息を吐《は》いて、

「あぁ、まったく、気分が悪い」

もはや寝る気にはなれなかった。といって、政務に戻《もど》ることも難しい。

こんな、あまりにも強い不快感を抱《かか》えたままでは、職務に差し支えるだろう。

「……気晴らしにでも行くか」

ヴァルヴァトスは重苦しい顔をしながら、ベッドから降りるのだった。

◇◆◇

彼を取り巻く環境《かんきょう》は、最大限好意的に捉《とら》えたとしても良好とは言い難《がた》い。遺憾《いかん》ながらも主従関係にあるメフィストに気持ちの悪い愛情を向けられ、苦しめられる毎日。それがヴァルヴァトスの心を常に苛んでいる。

日々蓄積《ちくせき》するストレスは半端《はんぱ》なものではなく、時には配下に八つ当たりじみた言動をとり、自己嫌悪《けんお》に陥《おちい》ることもしばしば。

とはいえ大抵《たいてい》の場合、どうにか職務を全う出来る程度には、精神状態は安定している。

だが、今のヴァルヴァトスは悪夢の影響《えいきょう》などもあって、精神的負荷が限界状態であった。

こういうとき、彼は城下へと繰《く》り出すようにしている。

無論、変化の魔法《まほう》で姿を変えたうえで。

ヴァルヴァトスの容姿は神の芸術と称《しょう》されるほど美しく、心が弱い者であれば直視しただけで失神する。以前、ちょっとした変装程度で城下を練り歩いたところ、数多くの被害《ひがい》者《しゃ》が発生。街が大パニックに陥ってしまった。

ゆえに現在、ヴァルヴァトスは完全に別人の姿となっている。

極《きわ》めて地味な若者といった風貌《ふうぼう》の彼を、特別視するような者は居ない。

だからヴァルヴァトスは、自由気ままに夜の街を練り歩いた。

舗装《ほそう》された道に点在する魔石式の照明具が、繁華街《はんかがい》を明るく照らす中、人々はまるで昼間のような活気を放っている。

「そこの兄さん！　うちで休憩《きゅうけい》してきなよ！」

「あ～？　おめーんとこぼったくりだって聞いたぞ。冗談《じょうだん》じゃねぇや」

客引きをする男と、それを無下にする男。

「あははははは！　世界が回ってるぅ～～～！」

「の、飲み過ぎですよぉ、せんぱ～い！」

酔《よ》っ払《ぱら》った女を介抱《かいほう》して歩く青年。

夜の街は人間の本性《ほんしょう》をさらけ出す。そうだからこそ、ヴァルヴァトスはこの光景を気に入っているのだ。

なにせ――こうした風景は、この街にしかないものだから。

人が人として本性を晒《さら》し、自由気ままに振《ふ》る舞《ま》い、笑う。

そんな当たり前の悦楽《えつらく》は、しかし、この時代において貴重である。

《外なる者達《アウター・ワン》》と《魔族》によって支配されている地域であれば、皆誰《みなだれ》もが上位存在との遭遇《そうぐう》を恐《おそ》れ、身を縮こまらせながら生きている。もし自由気ままに振る舞い、それが彼等の不興を買おうものなら……待ち受けているのは、残酷《ざんこく》な死だ。

一方、反乱軍によって占拠《せんきょ》された街はこのメガトリウムと同様、人類主権となってはいるが、それでも良い環境とは言い難い。

住民はいつ上位存在が襲来《しゅうらい》するかわからぬという恐怖《きょうふ》に怯《おび》えているし……反乱軍の連中が乱暴狼藉《ろうぜき》を働くこともある。

だから、ここだけなのだ。

このメガトリウムの街だけが、人間の理想郷なのだ。

人々が心から笑い、明日への展望を胸に抱《いだ》いて生きることが出来る社会。

それは、この場にしか存在しないのだ。

「……やはり俺は、間違《まちが》ってなどいない」

民《たみ》の活気が、嘘偽《うそいつわ》りのない笑顔が、何よりの証《あかし》であろう。

メフィストの飼い犬という立場は酷《ひど》く不快なものではあるが、そうした立場になって得られたものは大きい。

民は安息の地で幸福に暮らしている。

今後、仲間を失うことはない。
だから、自分は正しいのだと、ヴァルヴァトスはそのように思い込んだ。
「……うむ。そろそろ戻るか」
心もある程度は安定した。城に戻り、政務を続行しよう。
と、そう考えた矢先のことだった。
「待ちやがれ、このクソアマがぁああああああああッ！」
すぐ近くの、裏道にて。
ドスの利《き》いた男の叫《さけ》び声が轟《とどろ》いた。
そして——
「あぁ、いいぜ！　待ってやろうじゃねぇか！」
聞き覚えのある声が、耳に届く。
だが、まさか、そんな馬鹿《ばか》な。
奴《やつ》がここに、居るはずはない。
そう考えた、次の瞬間《しゅんかん》。
裏道から、一人の少女を抱えた女が、身を躍《おど》らせた。
彼女は腰《こし》まで伸びた美しい銀髪《ぎんぱつ》を揺《ゆ》らし、往来のド真ん中で停止すると、

「お嬢《じょう》さん、君はそこの壁際《かべぎわ》で見てるんだ。いいね？」

「は、はい」

少女を降ろし、それから好戦的な笑みを貼《は》り付けて、裏道の向こう側へ目をやった。

その後すぐ、いかにもガラの悪い男達がぞろぞろと現れて、彼女を取り囲む。

「ようやく観念しやがったか、このアバズレがぁ……！」

「商売の邪魔《じゃま》しやがって、ただじゃおかねぇ」

「人前なら、俺等が何もしねぇとでも思ったのか？　舐《な》めてんじゃねぇぞ、コラ」

「もう逃《に》がさねぇからなぁ……！」

街のいかついゴロツキに囲まれ、睨《にら》まれるという状況《じょうきょう》。

並の人間であれば、泣きながら命乞《いのちご》いをするような場面だが。

しかし、あの女は違った。

むしろ堂々と胸を張って、口を開く。

「ハッ！　てめぇら勘違《かんちが》いしてんぜ。オレぁ逃げてたんじゃねぇ。場所を探してたのさ。

喧嘩《けんか》に相応《ふさわ》しい場所をなぁッ！」

彼女は牙《きば》を剝《む》くように、凶暴《きょうぼう》な笑みを作り、

「喧嘩ってなぁ、やっぱ大勢のギャラリーが居てこそ華《はな》が出るってもんだ！　ここなら見

物人に事欠かねぇだろ！」

そして、叫ぶ。

「さぁ、準備は万端《ばんたん》整ったッ！　どっからでもかかって来いやッッ！」

これほどわかりやすい挑発《ちょうはつ》をされて、ゴロツキ共が黙《だま》っているはずもなく。

「「「上等だ、クソがぁあああああああああッ！」」」

皆、怒声《どせい》を放ちながら懐《ふところ》に手を入れ、多種多様な凶器《きょうき》を取り出した。

この時勢、最大の武器は魔法とされてはいるが、いかに荒《あら》くれとはいえ、街中で派手に魔法を放つほど馬鹿ではない。

ゆえに彼等はナイフや鉄拳《てっけん》といった道具を構えて、彼女へと向かって行く。

そうしたゴロツキ達を、彼女は楽しげに迎《むか》え入れ――

「うぉらぁッ！」

容赦《ようしゃ》なく、叩《たた》き伏《ふ》せていった。

千切っては投げ、千切っては投げ……といった、見事な大立ち回り。

周囲の人々は当初こそ困惑《こんわく》していた様子だったが、いつの間にか彼女の豪快《ごうかい》な喧嘩ぶりに魅《み》せられたようで、今や拍手喝采《はくしゅかっさい》などしながら状況を見守っている。

そうした観客の中に混ざりながら、ヴァルヴァトスは唖然《あぜん》とした顔で、目前の有様を見つめていた。

「……あいつは、なんなんだ？」

心の底から楽しそうに、ゴロツキを殴《なぐ》り倒《たお》していく絶世の美女。

見紛《みまが》うはずもない。

あれは、リディア・ビギンズゲートその人だ。

「……影武者《かげむしゃ》か何か、ではないな。魔力の質が一致《いっち》している」

どのように検証を行っても、答えは同じ。

あの女エルフはリディアである。これはもう、間違いがない。

だが、そうだからこそ、ヴァルヴァトスは混乱を極めていた。

「なぜだ……？　なぜ、奴がここに居る……？」

そこがまるで理解出来なかった。

このメガトリウムが、敵勢力の本拠地《ほんきょち》であることは奴とて知っていよう。

そんな場所に、大将自らが潜入《せんにゅう》するなど、ありえるだろうか？

いや、実際に奴が目前に居るわけだから、そこはもう受け入れるしかない。

重要なのはそう、リディアが何を企《たくら》んでいるのか。これであろう。

自分が敵であれば、街中で騒乱《そうらん》を起こし、内部崩壊《ほうかい》を狙《ねら》うのだが……

「いいぞ〜！　やっちまえ姉ちゃん！」

「すげぇっ⁉　人間ってあんな速く動けるのかよっ⁉」

……まぁ、騒乱を起こしてはいる。

だが、その、なんというか。

思っているやつとは全然違っていた。

リディアは大立ち回りを演じ、人々を楽しませているだけで、これが大量虐殺《ぎゃくさつ》などに繫《つな》がるとは到底《とうてい》考えられない。

「……本当に、なんなんだ？　あいつは」

ヴァルヴァトスが困惑を極めた頃《ころ》。

目前にて、ゴロツキの一人がリディアとは別の場所へと走った。

壁際にて、事態を見守っていた、一人の少女。

リディアが抱《かか》えていた少女へと、男が目をギラつかせながら接近する。

大方、人質にでもするつもりだろう。

リディアは大勢をさばくのに夢中で、少女の方には注意が向けられていない。

このままでは、あの無力な娘《むすめ》に危害が及《およ》ぶ。

そう考えたと同時に、ヴァルヴァトスは動いていた。

「貴様も男なら――」

言葉を漏《も》らしつつ、少女の目前へと躍り出て、

「喧嘩は堂々とやれ」

そして、有無《うむ》を言わせることなく掌打《しょうだ》を振るい、的確に男の顎《あご》を打ち抜《ぬ》いた。

ほんの一瞬にして相手を地面へと沈《しず》めたヴァルヴァトスだったが、達成感などは皆無《かいむ》。

むしろ、首を突《つ》っ込んでしまったことを後悔《こうかい》していた。

まさに善意の暴走だ。昔からどうも、危険な目に遭《あ》う人間を放《ほう》ってはおけぬ性分である。

そのせいで、

「なんだテメェ！」

「よ、よくも兄貴をッ！」

こういうことになる。

ゴロツキ共がリディアだけでなく、こちらにまで殺気を向けてきた。

逃げる……というのは難しいか。瞬《また》く間《ま》に囲まれてしまった。

「あぁ、くそ。もうどうにでもなれ……！」

舌打ちをかましながら、ヴァルヴァトスは目前の敵集団へと踏《ふ》み込んでいった。

そして、リディアと共に大立ち回りを演ずる。

彼女と同等……いや、彼女以上に、ヴァルヴァトスは観客を魅了《みりよう》した。

「あいつ、絶対なんかやってるよな⁉」

「動きが洗練されすぎだろ……！」

「まるで華麗《かれい》な舞《まい》だな……！」

ヴァルヴァトスが用いた格闘《かくとう》術の優雅《ゆうが》さに、見る者全《すべ》てが感嘆《かんたん》の息を漏らす。

そうした人々の反応に、リディアが頬《ほお》をむくれさせ、

「やい、てめぇ！　オレより目立つんじゃねぇよ！」

プンスカと怒《いか》りながら、ゴロツキの一人をブン投げてくる。

「目立ちたくてこうしているわけではない。……それより」

宙を舞《ま》う男の鳩尾《みぞおち》へ、器用に膝《ひざ》を入れて仕留めた後。

ヴァルヴァトスは地面に落ちていた石ころを拾い、リディアの方へと投擲《とうてき》する。

鋭《するど》い軌《き》道《どう》を描《えが》きながら推進するそれは、彼女の頬を掠《かす》め――

リディアの背にナイフを突き立てようとしていた男の眉間《みけん》へ、見事にヒット。

「背中がガラ空きだ。未熟者め」

「あぁんッ⁉　誰《だれ》が未熟者だってぇッ⁉」

「貴様以外に居ないだろうが。そもそもなんだ、その乱雑な動きは。見ていて気分が悪く

なるわ」

「うっせぇッ！　てめぇの方こそお高くまとまった動きしやがってッ！　気持ち悪ぃんだよ、バーカ！　アホ！　マヌケ！」

「はぁ。貴様、この喧嘩が終わった後、鏡を覗《のぞ》いてみるといい。知性と語彙《ごい》力が欠如《けつじょ》したニンゲンモドキの顔が拝めるだろう」

言い争いながらも、二人はまるで兄弟のような連携《れんけい》をとっていた。

互《たが》いに背後を守る形で、次々に敵集団を叩きのめしていく。

そして結局。

何事も起こることはなく、最後の一人が地面へと倒れ伏せた。

「ふぅ。今回も、まぁまぁな喧嘩だったな」

いい汗《あせ》をかいた、とでも言わんばかりに爽《さわ》やかな笑顔《えがお》を作るリディア。

それから彼女は、壁際でこちらの様子を見守っていた少女へと駆《か》け寄り、

「終わったよ、お嬢さん。もう恐《おそ》れるものは何もない」

さっきまでとは打って変わって、キザったらしい口調で声をかけた。

そうした、紳士《しんし》的な喋《しゃべ》り方で接するリディアは絶世の美貌《びぼう》も相まって、実に魅惑《みわく》的な人物として映るだろう。

とはいえ、ヴァルヴァトスからしてみれば、どうにも気色悪いものにしか見えなかったのだが。

反面、少女は頬を紅《あか》く染めて、感謝の言葉を口にする。

「あ、ありがとうございました。貴女《あなた》が居なかったら、今頃……」

「礼には及ばないさ。人として当然のことをしたまでだからね」

白い歯をキラリと光らせて笑うリディア。

そして彼女は、少女の肩《かた》を抱《だ》きながら、言葉を重ねていく。

「それにしても、こんな治安のいい街でさえ人さらいの類《たぐ》いが居るとはね。これではおちおち夜を楽しむことも出来ない。……けれどね、お嬢《じょう》さん。私の隣《となり》に居ればもう安心だ」

ここまで言い切ると、リディアは酷《ひど》く真っ直《す》ぐで、キラキラとした目を娘に向けながら、

「どうだろう、お嬢さん。これから私と、めくるめく夜を楽しむ気はないかい？」

「……えっ」

少女だけでなく、場に居合わせた者は皆、こう思ったことだろう。

なに言ってんだ、こいつ？　と。

ヴァルヴァトスも同様であった。

本当、なに言ってんだろう、こいつ。

さっきまで英雄《えいゆう》を見るような目をしていた観客達が、途端《とたん》にゴミを見るようなさめざめとした目となり、白けた様子で立ち去っていく。

そうした周囲の反応など知ったことかとばかりに、リディアは娘に対し、ぐいぐいと迫《せま》りまくっていた。

「君のように魅惑的なお嬢さんなら、それはもう最高の夜を過ごすことが出来るだろう。ちょうど近くにいい感じの宿があるんだ。そこで私と——」

「い、いや、その。あたし、そういう趣味《しゅみ》は」

「なんだって？　それはもったいない。君も新しい世界の扉《とびら》を開くべきだ。きっと素晴《すば》らしい経験が出来るだろう。だから、さぁ、宿へ行こう。代金は私が持つから。早く。早く宿へ。さぁさぁさぁ」

もう、なんというか。

若い娘に無理やり迫る、エロオヤジそのものだった。

あの女、見た目は絶世の美女だが、内面はゴミである。

無論、そんな相手に少女が心を開くはずもなく、

「や、やめてください！　この変態！」

尻《しり》に手を伸《の》ばそうとしていたリディアを思いきり突き飛ばすと、少女は怯《おび》えた様子で逃《に》

げ去っていった。

「あぁッ⁉　ま、待ってくれ、お嬢さん！　おい！　ちょっと！　待てっつってんだろ、このクソガキ！　助けてやったんだから一発ぐらいヤらせろよ！」

人として最低にも程《ほど》がある。ヴァルヴァトスは心の底からそう思った。

そんなゴミクズ人間のリディアは、しばらく悔《くや》しそうに地面を蹴《け》り続けていたのだが。

ふとこちらを見て、ジットリした目をしながら、

「おい。てめぇ、名はなんてんだ？」

まさかまさか、本名を告げるわけにもいかない。

だからヴァルヴァトスは、この姿となった際に使用している偽名《ぎめい》を口にした。

「……ダニエル。ダニエル・ウィラスキー」

「オレぁ、リディア・ビギンズゲートってんだ。つ～ことでダニエル、今から一杯《いっぱい》付き合えや」

「……は？」

酒盛りだと？　自分とこいつが？

そんなこと――

「いいから！　ほれ！　行くぞ！」

無理やりこちらの腕《うで》を掴《つか》み、引っ張ってくるリディア。

……振《ふ》り払《はら》うことは、容易だったはずだ。

しかし、なぜか。

ヴァルヴァトスは、そうしなかった。

自分でも理由がわからない。

こいつと酒を飲み交《か》わしたところでなんになる？

なんの意味もない。

何せ、自分とこの女は、敵同士なのだから。

……そう思っているのに。

結局、ヴァルヴァトスは彼女を拒絶《きょぜつ》出来ぬまま、場末の酒場へと入り、

「見る目がなさすぎんだよぉ～～～！　この街の女共はさぁ～～～！」

「はぁ」

「今日で二〇連敗だ！　二〇連敗！　ありえるか、そんなこと!?」

「はぁ」

「もうしょうがねぇ！　明日っからは美少年を狙《ねら》うことにする！」

「はぁ」

「つ〜か、美少年といやぁ、ここの王サマはオレ好みのツラしてんだよなぁ〜」

「……えっ」

「マジで見た目だけは最高なんだけどなぁ〜。こう、なんつぅか。ねじ込みたくなるっつうかさぁ〜」

「………………」

「でもなぁ〜、見た目はいいんだけど、中身がなぁ〜」

「……貴様が中身うんぬんを抜かすな、このド変態めが」

「あん？　なんか言った？」

「いや、なんでも」

酔《よ》いに酔いまくった敵軍大将の愚痴《ぐち》を聞かされるといった、なんとも奇妙《きみょう》な状況《じょうきょう》。

なぜ自分は、こんなことをしているのか。まったく以《もっ》て理解出来なかった。

「うぃ〜〜〜！　よっしゃダニエル！　いっちょ飲み比べといこうぜ！　お前が勝ったらここの飲み代奢《おご》ってやるよ！　そんかわり、オレが勝ったらお前の奢りな！」

「……なぜ、俺がそんなことをしなければならんのだ」

いつもなら、このまま自分の意見を通すところだが。

「ふぅ〜ん。そっかぁ。ダニエル君は自信がないんだねぇ〜？」

「……は？」

「男のくせして、女と飲み比べる度胸もねぇとか、マジだっせぇ～」

「……いいだろう。酒精中毒で死んでも文句は言うなよ？」

こんな安っぽい挑発《ちょうはつ》に乗るだなんて、自分らしくない。

そう思ってはいるのだが、なぜだか対抗《たいこう》意識が燃え上がってきて……

「どうした、変態女。もう降参か？」

「へ、へへ。んなわきゃねぇだろ、まだまだこっからだぜ」

「無理をしても体を壊《こわ》すだけだぞ？　潔《いさぎよ》く負けを認めたらどうだ？」

「て、てめぇこそ、もう顔真っ赤じゃねぇか。しかもフラついてんぜ。そろそろ限界なんじゃねぇの？」

「フラついて見えるのは貴様が酔いまくっている証拠《しょうこ》だ。俺はまだまだイケる。あと樽《たる》二つは飲み干せるだろう」

「ふ、ふぅ～ん。そいつぁすげぇや。でも、オレぁまだ、樽三つはイケるけどな」

「そうかそうか。ところで、俺としたことが計算違《ちが》いをしていたようだ。胃袋《いぶくろ》と膀胱《ぼうこう》の空き具合を思うに、樽四つ分は入るだろう」

「へぇ～。ところで、オレもちょっと計算を間違えてたわ。こりゃまだ、樽五つは入るな、うん」

「なるほど。ところで、今思い出したんだが、俺はこれから樽六つ飲み干さないと死ぬ病にかかっているのだ。ゆえに樽六つは余裕《よゆう》だな」

「あ～、そういや、オレもこっから樽七つ飲まねぇと乳が爆発《ばくはつ》する病気にかかってたわ」

くだらないことをしていると、理解してはいる。

何を馬鹿《ばか》なことをやってるんだと、そう思ってもいる。

けれど、どうしても、止まらなかった。

「はははははははははははは！　見ろよ、ダニエル！　あんなとこにピンク色のドラゴンが飛んでるぜ！」

「馬鹿だな、貴様は。ピンク色のドラゴンなど存在せぬわ。あそこで飛んでいるのは巨大《きょだい》な猫《ねこ》ちゃんだ。おぉ、なんと愛らしい肉球か。アレに埋《う》まって窒息《ちっそく》したい……」

今宵《こよい》、生まれて初めて、ヴァルヴァトスは酒に酔った。

殺し合いを演ずる、敵方と共に――

◇◆◇

盛大《せいだい》に酔い潰《つぶ》れ、記憶《きおく》が完全に飛んでから、どれだけの時間が経《た》ったのか。
鈍《にぶ》い頭痛を感じながら、ヴァルヴァトスは目を覚ました。
「ここ、は……」
見知らぬ花畑が、視界一面に広がっている。
なぜこんなところに来たのか。ここで何をしたのか。まるで覚えてはいない。
「……奴《やつ》は、居ない、か」
隣にリディアの姿はなかった。
別の場所へ行ったか、あるいは、反乱軍の仲間に回収されたのか。
いずれにせよ――
自分が取り続けていた一連の言動は、まさに愚行《ぐこう》そのものである。
「こんな、朝になるまで……何をやってるんだ、俺は……」
今頃《いまごろ》、リヴェルグを始めとした配下達は、主《あるじ》の消失にパニックを起こしているだろう。
いったい、どのような言い訳をすればいいのか。
二日酔いも相まって、本当に、頭が痛かった。
しかし……
不思議と、後悔《こうかい》の念はない。

むしろ、また……

「……馬鹿馬鹿しい。何を考えているのだ、俺は」

頭の中に浮《う》かんだ思いを否定しながら、ヴァルヴァトスは立ち上がる。

そうして彼は、昨日までの日常へと帰って行った。

自らが築き上げた理想郷を維持《いじ》するために、全身全霊《ぜんれい》を尽《つ》くす日々。

王としての政務を全うしつつ、反乱軍に動きがあれば現地に向かい、これを叩《たた》く。

……戦場にはいつだって、あの女が居た。

「今日こそ勝たせてもらうぜッ！　白いチビスケッ！」

しかし、彼女が勝利を摑むことなど一度さえなかった。

善戦はするが、最終的には敗北を喫《きっ》し、仲間と共に逃亡《とうぼう》。

そうした出来事が、何度も何度も繰《く》り返された。

それと同時並行して。

夜。気晴らしに街へ繰り出す度《たび》に、ヴァルヴァトスはリディアと出会った。

時には喧嘩《けんか》する彼女を呆《あき》れた顔で眺《なが》め、時にはナンパに失敗して壁《かべ》に八つ当たりする彼女に嘆息《たんそく》し、時には酔い潰れながら反吐《へど》を撒《ま》き散らす彼女を嫌悪《けんお》した。

今もそうだ。

もう、何度目の邂逅《かいこう》だろう。

悪夢にうなされたヴァルヴァトスは今宵も城を抜《ぬ》け、ダニエル・ウィラスキーとして繁《はん》華街《かがい》を練り歩き……そして、彼女と顔を合わせた。

別に、待ち合わせをしていたわけじゃない。

まるで引力に操《あやつ》られているかのように、二人は必ず出会うのだ。

そして顔を合わせると、必ず。

「よぉ、ダニエル。ちょっと飲みに行こうぜ」

「……あぁ」

こういうことになる。

いや、わかってはいるのだ。自分が愚行を犯《おか》しているということは。

けれど、なんだろう。

これがリディアという女の人徳、というやつだろうか。

妙《みょう》に、心地《ここち》がいいのだ。

この、馬鹿の隣《となり》というのは、本当に心地がいい場所なのだ。

「おっ、あの姉ちゃんエロくね？　おっぱいマジやばくね？」

「……デカければいいというわけじゃないだろう」

「へぇ～。ダニエルちゃんは貧乳がお好き、っと」

「別に、そういうわけじゃないが」

こんな猥談《わいだん》じみた会話など、今までしたことがなかった。

こいつと一緒《いっしょ》にいると、こっちまで馬鹿になってしまう。

それが逆に、気持ちよかった。

立場を忘れ、只人《ただびと》として振る舞《ま》い、過ごすことの出来るこの時間が、最近は楽しみになっている。

……だが、そうだからこそ、苦しいのだ。

どのように足掻《あが》いても、自分と彼女は、殺し合う運命にある。

いつか必ず、自分は彼女を……

さもなくば、仲間が死ぬ。

それは嫌《いや》だ。絶対に嫌だ。

しかし、それでも。

リディアを殺せという命令を、実行に移すことは出来なかった。

「うぃ～～……今日も、飲み過ぎちまった、かなぁ……」

夜の街中にて、千鳥足で前を行くリディア。

その背中は、あまりにも隙《すき》だらけだ。

ここで本気を出したなら、彼女の命を奪《うば》うのは容易《たやす》かろう。

……自分の立場を思えば、そうすべきだと、確信してはいる。

なのに、その一歩を踏《ふ》み出すことは、出来なかった。

やがてリディアが宿泊《しゅくはく》している旅籠《はたご》に到着《とうちゃく》し、

「じゃあな、ダニエル。また飲もうぜ」

「……あぁ」

いつものように、言葉を交《か》わして、別れる。

そして夜の街中を歩きながら、ヴァルヴァトスは独りごちた。

「俺は、何をやってるんだ……」

自責の念を発露《はつろ》して俯《うつむ》いた、その直後。

「そうだね。何をしてるんだろうね」

奴の声が耳に入ったと同時に、周辺の環境《かんきょう》が激変した。

街灯に照らされた夜の街並みが、分解されていくように消え去り、濃密《のうみつ》な闇《やみ》だけが残る。

これは、奴の空間魔法《まほう》によるものだ。

そう……

メフィスト＝ユー＝フェゴールが、自分達だけの世界を創《つく》り出したのである。

「やぁハニー。本日もご機嫌麗《きげんうるわ》しいようで何よりだよ。けれどその反面、僕のご機嫌はちょっぴりななめといったところかな。理由は言わずともわかるよね？」

小首を傾《かし》げながら、ニッコリと微笑《ほほえ》んでみせる。

それはどんな脅《おど》しよりも、効果的な表情であった。

「……貴様等は定命の者とは違い、永劫《えいごう》の時を生きる存在であろう。それがこうも頻繁《ひんぱん》にせっつくとは、少々短気が過ぎるのではないか？」

「いやいや。僕は気が長い方だよ？　さもなきゃ君は、今頃なにもかもを失っているさ」

幼い美貌《びぼう》に浮かぶ微笑《びしよう》が、次第《しだい》に残忍《ざんにん》さを感じさせるものへと変わっていく。

そしてメフィストは、何もかもを見通すような瞳《ひとみ》でヴァルヴァトスを見つめながら、断言した。

「強烈《きようれつ》な外的要因を与《あた》えなければ、君は決して、我が娘《むすめ》を殺すことはない。そう確信したからこそ、僕はこうして君のもとへ現れたんだよ、ハニー」

これに対し、ヴァルヴァトスは反論を述べようとするのだが。

「いいや、無理だね。君は我が娘を殺せない。だって君は、彼女を好ましく思っているからね。といっても、恋愛《れんあい》感情ってわけじゃない。君は彼女に対して、羨望《せんぼう》と尊敬の念を抱《いだ》いているのさ。だから、いつまで経っても合理的な判断を下せずにいる」

　羨望と、尊敬。

　それはまさに、ヴァルヴァトスの内面を簡潔に表す言葉だった。

「初めて対峙《たいじ》した瞬間《しゅんかん》、君は彼女の本質を悟《さと》った。自分と同じ存在であるという、本質をね。事実、君と彼女は鏡映しさ。当然だよね、僕がそのように創ったのだから。けれど、鏡に映る自分が左右逆であるのと同様に、彼女もまた、君とは真逆の生き方をしている」

　メフィストはヴァルヴァトスの周囲を回るように歩きながら、言葉を積み重ねていく。

「僕の脅しに屈《くっ》した君とは違い、彼女は決して立ち止まることがない。彼女は一切妥協《いっさいだきょう》することなく、理想と信念に殉《じゅん》じている。そんな彼女の在《あ》り方に、君は羨望と尊敬の念を抱いた。それは君にとって、生まれて初めての感情だろう。だからこそ、君は彼女に特別な思い入れを抱いている。その情念が、君に一線を越《こ》えさせてくれないというわけだ」

　ここまで言い切ると、メフィストはヴァルヴァトスの目前で立ち止まり、肩《かた》を竦《すく》めた。

「君が悩《なや》み、苦しむ様を見るのは、僕にとって至福の時間だよ。けれどね、それは君が、どのような判断を下すかわからないからこそだ。君の考えが完全に、ハッキリと推測出来てしまう今、君の苦悩葛藤《くのうかっとう》にはなんら旨味《うまみ》がない。だから――」

　メフィストは、酷薄《こくはく》な笑みを浮かべながら、言葉を紡《つむ》いだ。

ヴァルヴァトスにとって、最悪に等しい言葉を、紡いだ。

「これが最後通告だ。次、彼女と戦闘《せんとう》行動に至った際、その命を奪えなかったなら、そうだな、オリヴィア・ヴェル・ヴァインの命を奪うことにしよう」

「——ッッ！」

言われた瞬間、頭に血が上り、気付けばヴァルヴァトスは、メフィストの胸倉《むなぐら》を摑《つか》んでいた。

そして、激烈《げきれつ》な殺気を迸《ほとばし》らせながら、憎《にく》き宿敵を睨《にら》む。

だが、メフィストはケラケラと幼子のように笑うのみ。

「いいよ？　殺してくれても、全然かまわないよ？　それで君の気が晴れるなら、好きにするといい。僕としても、愛する君に殺されるのは最上の快楽さ」

さぁ、やれ。

そう言わんばかりにこちらを見つめてくるメフィストへ、ヴァルヴァトスは舌打ちした。

ここでこいつを殺したところで意味はない。どうせ分裂《ぶんれつ》体の一つに過ぎないのだから。

そう、意味など、ないのだ。

全《すべ》ての反抗《はんこう》に、意味はない。

そんなことをしても失うばかりだと気付いたから、自分はこいつの犬になったのではなかったか。

「なぁに、簡単なことさ。一人の戦士を冥府《めいふ》に送るだけ。それしきのことに過ぎない。そうすれば君の姉貴分は死なずに済む。君は、何も失わずに済む」

悪魔《あくま》の囁《ささや》きとは、まさにこのことか。

メフィストは幼い美貌に邪悪《じゃあく》な笑みを宿しながら、

「じゃあね、マイ・ハニー。君が僕にとって好ましい判断を下すことを期待しているよ」

ヴァルヴァトスの額に一つ、口づけをしてから、その姿を消失させた。

同時に、周辺の環境が元通りになる。

「……俺は」

街の中で、一人。

夜空を見上げて呟《つぶや》くヴァルヴァトスの心境は、周囲に漂《ただよ》う闇の如《ごと》く、暗澹《あんたん》としたものだった。

「……俺は、どうすればいいんだ」

◇◆◇

メフィストからの最後通告を受けてから、数日。

ヴァルヴァトスは、あまりにも穏《おだ》やかな日々を過ごしていた。

大きな事件など何も起きず、反乱軍に動きもない。

だが、そのときは確実に迫《せま》っている。

反乱軍との再戦。リディアとの対峙。

そうなったとき、自分はどうするのか。

未来に思いを馳《は》せれば馳せるほどに、ヴァルヴァトスの心は追い詰《つ》められていった。

だから。

「……オリヴィア、今宵《こよい》、時間を空けてはくれないか？」

政務の最中、彼女にこのような言葉をかけた。

ここはさすが、姉貴分といったところだろうか。

ヴァルヴァトスの中に巣くう苦悩《くのう》を、たちどころに察したのだろう。

「あぁ。夜半になったなら、いつでもわたしの部屋に来るといい。茶でも用意して待っていよう」

約束を交わしてから数時間後。

空が闇色に染まり始めた頃《ころ》、ヴァルヴァトスは政務を中断し、オリヴィアの部屋を訪《おとず》れた。

彼女は約束通り、テーブルに二人分の紅茶を用意して、こちらの来訪を待っていた。

「すまないな、お前も忙《いそが》しいだろうに」

「気にする必要はない。……さぁ、座るといい」

招かれたヴァルヴァトスは、彼女の対面に座り、紅茶を一口含《ふく》むと、

「……俺達が初めて出会ってから、もうどれぐらい経《た》つだろう。二〇〇年か、あるいは、三〇〇年か。時が過ぎるのは、早いものだな」

重要な話をするとき、彼はいつも遠回しになる。

だが、オリヴィアはそうした悪癖《あくへき》を批難することはせず、静かに弟分を見つめ続けた。

「時間は、人を変えるものだな、オリヴィア。お前と出会ったばかりの頃、俺はまるで、人形のようだった。それでいいと、そう思ってもいた。何せ、当時の俺はお前の願いを叶《かな》えるための暴力装置であろうと、そう考えていたからな。しかし……」

ここでヴァルヴァトスは再び紅茶を一口含むと、僅《わず》かに手先を震《ふる》わせながら、続きを語

り始めた。

「さまざまなものを得て、俺は変わっていった。そうならざるを得なかった。……時たま、こう思うことがあるよ。あの頃の自分のままであれば、楽な道を進めたのだろう、と。あの頃のまま、お前の理想を、念願を、成就《じょうじゅ》させるための道具で在り続けられたなら、俺は」

こんな苦しみを、味わうことなんかなかった。

……そうした台詞《せりふ》はもはや、八つ当たりも同然であろう。

だから、あえて口にはしなかった。

けれども、この姉貴分が、こちらの意図を読めぬはずもない。

明確に、理不尽《りふじん》な怒《いか》りをぶつけられていることを察しつつも、オリヴィアは平然とした顔でヴァルヴァトスを見つめている。

そうしながら、彼女は一息吐《は》いて、

「貴様は立派に成長した。人としても、王としても、な。そのことをわたしは、陰《かげ》ながら喜んでいた。しかし……その成長が、逆に貴様を苦しめるのではないかと、危惧《きぐ》してもいたのだ。……悪い予感というのは、実に腹立たしいほど当たるものだな」

オリヴィアはどこか切なげな顔をしながら、弟分へと語り続けた。

「かつてわたし達は、並んで歩いていた。同じ方向を見て、真っ直《す》ぐ、手を繋《つな》ぎながら歩いていた。しかし……今は違《ちが》う。貴様は本当に、驚《おどろ》くほど成長を遂《と》げた。そうだからこそ、わたしは……貴様に、付いていけなくなってしまった。今や貴様に並んで歩けるほどの器量は、わたしにはない。姉貴分を自覚していながらも、臣下として付き従うことしか、出来はしないのだ」

彼女が美貌に宿す悲哀《ひあい》は、自責の念から来るものだった。

弟分が苦しんでいる。それは理解出来るが、しかし、それを解消してやることは出来ない。もはや自分は、彼の隣《となり》を歩いてはいないのだから。

「ヴァル。不甲斐《ふがい》ない姉貴分を許してくれ。貴様がいかなる苦悩を抱《かか》えていようとも、今のわたしには、このように述べることしか出来ん。即《すなわ》ち──貴様を信じ、付いていくのみだと。その果てにどのような結末があろうとも、決して後悔《こうかい》はないと。……結局のところ、わたしは貴様に、全てを丸投げするしかないのだ。心の底から、口惜《くちお》しいことに、な」

暗い顔をして俯くオリヴィアに、ヴァルヴァトスは唇《くちびる》を震わせた。

自分がどうすべきか、その道を示して欲しいと願ったから、だから、彼女との会話時間を設けたというのに。

結果は、これだ。

姉貴分は答えを寄越《よこ》してはくれない。

自分で答えを定めろと、突《つ》き放した形になった。

そんな現実に、悲観を覚える最中。

オリヴィアは不意に、こんなことを呟いた。

「貴様の苦悩を理解し、それでいて、隣に並ぶことが出来る存在。そんな者が居てくれたなら……」

そう言われてから、すぐ。

ヴァルヴァトスの脳裏《のうり》に、あの女の姿がよぎった。

乱暴で、がさつで、女らしさが微塵《みじん》もなく、実に腹立たしい存在。

けれど……

気が置けない悪友のような、そんな女の姿が頭に浮《う》かんだ瞬間。

無性《むしょう》に、会いたくなった。

「……出かけてくる。留守を頼《たの》んだぞ」

立ち上がり、そして、ヴァルヴァトスは城を出た。

変化の魔法《まほう》を用いてダニエル・ウィラスキーへと姿を変え、夜の繁華街《はんかがい》を練り歩く。

そうしていると、やはり。

「よう、ダニエル」

今宵も、引き寄せられるかのように、二人は出会った。

出会うことが、出来た。

顔を合わせると同時に、ヴァルヴァトスはリディアを前にして、柔《やわ》らかく微笑《ほほえ》んだ。

どうしてそんな表情をしたのか、自分でもわからない。

そんな彼の様子に、何かを感じ取ったのだろうか。

「今日はアレだな。飲みに行くような気分じゃあなさそうだな」

「……あぁ。少し、付き合ってほしい場所があるんだが……ダメか？」

「いいぜ。どこにでも付いていってやるよ。だから、そんな泣きそうなツラすんなって」

泣きそうなツラ。

そんな顔をしていたのか。

僅かな羞恥《しゅうち》を覚えつつ、ヴァルヴァトスはそれを隠《かく》すように、早足で移動した。

その末に辿《たど》り着いたのは——

街の外にある、小高い丘《おか》。その頂上に設けられた、展望台であった。

「へぇ。こりゃあ随分《ずいぶん》な絶景じゃねぇか。街の景観を眺《なが》めるも良し、星空を見つめるも良し。女を口説くにゃ最適な場所だな。……つっても、オレを口説くためにここへ連れ込んだってわけじゃねぇんだろ？」

「あぁ」

とはいえ、正直に言うと、なぜここへ連れてきたのか、自分でもよくわからない。

全《すべ》ては衝動《しょうどう》の赴《おもむ》くままだ。

それゆえ、今から口にする内容にも深い考えなどはない。

ただただ、ヴァルヴァトスは思ったことを口にするのみだった。

「リディア、お前はこの街を、どう思う？」

「う〜ん、そうだなぁ」

手すりに両腕《りょううで》を乗せ、夜闇《よやみ》の中に無数の光を灯《とも》す街の様相を見つめながら、彼女は笑う。

「まず、女のレベルが高ぇ。娼婦《しょうふ》のねーちゃん達のサービスもいい。あと、飯も美味《うめ》ぇよな。特に海鮮《かいせん》類が絶品だ。まぁ、オレの故郷に比べりゃまだまだだけどな」

「……お前は、なんというか。まっこと欲望《よくぼう》に正直な奴《やつ》だな」

「ふふん。人間らしくて素敵《すてき》だろ？　…………けどま、さっき挙げた要素はオマケみてぇなもんだけどな」

「オマケ？」

「あぁ。性欲も食欲もいい感じに満たしてくれて、宿のベッドもフカフカでよく眠《ねむ》れるけどよ、それだけなら、別の街にだってないこたぁないんだよ。でも、この街には、ここにしかねぇもんがある。それは――」

さっきまでと打って変わって、リディアの美貌《びぼう》に宿る笑みが、清廉《せいれん》なものになる。

そんな彼女が、ヴァルヴァトスの目には、これ以上ないほど清らかな存在に見えた。

そしてリディアは、淀《よど》みない口調で言葉を紡《つむ》ぐ。

「人間の尊厳ってやつが、ここにはある。人が人として生きられる社会ってもんが、この街にはある。そいつが一番気に入ってるところだ」

「……お前も、そう思うか」

リディアは一つ、ゆっくりと頷《うなず》いて、

「あぁ、この街は人間の理想郷そのものだ。まったく、非の打ち所がねぇ。……でもな、オレの目にはどうしても、欺瞞《ぎまん》ってやつが満ちあふれてるようにも見えるんだよ」

ヴァルヴァトスの顔を、真剣《しんけん》に見つめながら、彼女は言った。

「その原因は、お前だぜ。白い、チ、ビ、ス、ケ」

リディアが口にした呼び名に、ヴァルヴァトスは目を見開いた。

「……気付いて、いたのか？」

「まぁな」

「……なぜ、知らぬふりをしていた?」

「興味があったんだよ。お前って奴が、どういう人間なのか。昔っから、な」

リディアは星空を見上げながら、語り始めた。

「ガキの頃、オレは親父《メフィスト》のことが怖《こわ》かった。反発したくても、恐怖《きょうふ》が先立って……何も出来なかった。そんなオレに勇気をくれたのがな、お前だったんだよ」

「…………」

「親父《おやじ》にビビることなく、反旗を翻《ひるがえ》し、人間のために戦い続けてる奴が居る。それを知ったとき、オレは心の底から〝すげぇ〟って思った。オレもそうなりたい、そう在《あ》りたいと、強く感じたよ。で……気付いたら、反乱軍の頭目になってたってわけだ。お前に勇気を貰《もら》ってな。だから、踏《ふ》み出すことが出来た。そんで、今も真っ直ぐ進み続けていられる。お前が前を歩いてくれていたから、オレもその道を歩くことが出来たんだ」

しかし、そうだからこそ。

今、リディアはヴァルヴァトスに対し、失望の色を見せているのだろう。

彼女は半ば睨《にら》むように、ヴァルヴァトスの顔を見つめながら、口を開いた。

「お前はオレにとって、かつての憧《あこが》れだった。そんな奴がどうして、あの野郎《やろう》の犬に成り下がっちまったのか。いったい、何を考えてんのか。色々と知りたかった。……で、その結果が、さっきの答えさ。この街に溢《あふ》れてる欺瞞の色。それは全部、お前の人間的な弱さから来てるものだ」

ヴァルヴァトスは、何も言わなかった。何も、言えなかった。

ジッとリディアを見つめながら、その言葉を聞くことしか、出来なかった。

「確かに、この街は最高だ。人が人として生きていられる、ハッピーな理想郷だ。でも、それはこの街にしかない。他《ほか》の場所じゃあ、支配者が誰《だれ》であれ、不愉快《ふゆかい》な現実ってもんが広がってる。……そうした世界の有様を、お前が黙認《もくにん》したうえで生きてるってんなら、オレぁ何も思わなかったろうよ。納得《なっとく》したうえで、小さな理想郷を守ってるってんなら、それはそれで正しい選択《せんたく》だろうさ。でもな」

拳《こぶし》を握《にぎ》り締《し》めながら、リディアは渋面《じゅうめん》を作った。

失望から来る怒り。それを彼女は、言葉に変えて紡ぎ出す。

「お前、迷ってんじゃねぇか。うじうじと、自分の立場に対して、迷ってんじゃねぇか。平然としたツラの向こう側で、グズグズと泣きべそ掻《か》きながら、お前はいつもこう叫《さけ》んでる。本当はこんなことしたくない。でも、失うのが怖いから、仕方ないんだ、ってな。……そんなお前の弱さが、街の中に見え隠れしてんだよ」

そしてリディアは、真っ直ぐにヴァルヴァトスの目を見据《みす》えながら、

「こっから先は、言葉だけじゃ伝わらねぇ。オレ達ゃ戦士だ。そうだろう？　闘争《とうそう》の中でしかぶつけられねぇ思いってもんがある。だから——」

まるでヴァルヴァトスの現状を見通したかのように。

彼女は、宣戦を布告した。

「次の戦場で、ケリをつけようぜ」

そして、リディアは去って行く。

ヴァルヴァトスが求めた答えを、与《あた》えるようなことはなく。

突き放したうえで、去って行く。

戦いの中で自らの答えを見出《みいだ》せと、彼女はそう言いたいのだろう。

「……あぁ、そうだな。次で決着をつけよう」

一人、夜闇の中、呟《つぶや》く。

生まれて始めて、戦場に出ることに対する恐怖を、味わいながら——

そして、その日は訪《おとず》れた。

リディア率いる反乱軍が、とある街に接近中との報《しら》せを耳にしたヴァルヴァトスは、軍勢を編成し、出撃《しゅつげき》。

しばしの移動時間を挟《はさ》んだ末に——

広大な平野の只中《ただなか》にて、敵軍と真正面から対峙《たいじ》した。

これが尋常《じんじょう》の戦《いくさ》であったなら、ヴァルヴァトスは後方にて陣《じん》を敷《し》き、そこで指揮を執《と》ることに集中していただろう。

少なくとも、今まではそうだった。

だが……此度《こたび》の戦は、これまで通りのものではない。

ゆえにヴァルヴァトスは、自ら最前線へと赴き、兵士達が創《つく》る道を歩きながら、敵方へと向かっていた。

そうした姿を見つめる兵士達の顔には、強い緊張感《きんちょうかん》が宿っている。

此度の戦は何か、大きなターニングポイントになるかもしれない。

そんな予感が、彼等の表情を強張《こわば》らせていた。

そして。

ヴァルヴァトスとリディアが、自軍を背にする形で向き合った。

彼女の瞳《ひとみ》にはやはり、一点の曇《くも》りもない。

それに対して、彼の瞳は淀んでいる。

しかし、どうであれ、もはや引くことは出来なかった。

ヴァルヴァトスは大きく息を吸って――叫ぶ。

「者共ッ！　心して聞けッ！　これより我等総大将による決闘《けっとう》を行うッ！　もし俺が敗北を喫《きっ》したなら、我が軍は相手方と合併《がっぺい》しッ！　その意思に従うものとするッ！」

この宣言に、両軍が騒然《そうぜん》となった。

そんな中、ヴァルヴァトスの言葉を引き継《つ》ぐ形で、リディアが声を放つ。

「よく聞け、野郎共ッ！　もしオレが負けたなら、大人しく奴等《やつら》に従えッ！　無駄《むだ》な喧嘩《けんか》なんざ、絶対にすんじゃねぇぞッ！」

もはやこの戦は、自分達二人の問題。それゆえに、配下達を巻き込むことはしたくない。

そうした思いから、両者は決闘による完全決着という発想に行き着いたのだった。

無論、主要幹部達には不満もあろう。雑兵達にしたって、不平を覚えた者は多かろう。

だがそれでも、皆《みな》、文句一つ口にはしなかった。

「オレもお前も、いい子分に恵《めぐ》まれたみてぇだな」

「……あぁ」

そうだからこそ、失いたくない。

もう、誰にも死んでほしくない。

だから、ヴァルヴァトスにとってこの戦いは、絶対に負けられないものだった。

それに反し、リディアはなんら気負った様子もなく、

「さて、と。そんじゃ、始めっか」

平然とした顔で宣言してからすぐ、彼女は右手を青空へと突《つ》き上げた。

刹那《せつな》、雷鳴《らいめい》に似た轟音《ごうおん》が鳴り響《ひび》き、彼女の周辺空間が大きく揺《ゆ》れ動く。

そして次の瞬間《しゅんかん》、リディアの右手に、白銀の聖剣《せいけん》・ヴァルト＝ガリギュラスが握られた。

そこからさらに、彼女は今まで見せたことのない力を発露《はつろ》する。

「《アルステラ《煌めけ、魂》》《フォトブリス《我、聖なる光となって》》……《テネブリック《闇を打ち払わん》》ッ！」

そのとき、聖剣の刀身に刻まれた青い模様が明滅《めいめつ》し――

前後して、リディアの全身が白銀色の鎧《よろい》に覆《おお》われた。

完全未知の力に対し、ヴァルヴァトスは緊迫感《きんぱくかん》を味わいつつ、自らの得物を召喚《しょうかん》する。

黒き魔剣《まけん》・ウィルムツェペシュ。

その柄《つか》を握り、構え、睨み合い――

「「ハッッ！」」

両者、同時に踏み込んだ。

桁外《けたはず》れな膂力《りょりょく》が地面を抉《えぐ》り、膨大《ぼうだい》な土塊《つちくれ》が天を舞《ま》う。

それらが落下するよりも前に、二人は斬《き》り結んでいた。

轟音が絶え間なく響き、発生した衝撃波《しょうげきは》が兵士達を叩《たた》く。

両者の圧倒《あっとう》的かつ規格外な闘争を前に、雑兵達は立っていることさえままならなかった。

付け加えるなら、彼等は自分達の大将がいかなる闘争を展開しているのか、理解することさえ出来ていない。

衝撃と風圧と轟音により、目を開けていられないというのもあるが、それ以上に、二人の動作速度があまりにも疾《はや》すぎる。

まさに人外の闘争。

それを完全に捉《とら》えきっていたのは、両軍の幹部のみであった。彼等は雑兵達とは違《ちが》い、確《しか》と大地を踏みしめ、瞬《まばた》きすることさえなく、目前の決闘を見据え続けている。

そうした中、リヴェルグとオリヴィアは、両者共に眉根《まゆね》を寄せながら呟いた。

「……やはり陛下は、迷っておられるのか」

「あぁ。それが奴《やつ》の剣を、曇らせている」

二人の目には、ヴァルヴァトスがやや劣勢《れっせい》に映った。

それはリディア側の幹部達も同様である。ゆえに彼等は嬉々《きき》とした様子で、大将に声援《せいえん》などを送っていた。

けれども、いかな声も二人には届いていない。

ヴァルヴァトスは、リディアだけを見ていた。

リディアは、ヴァルヴァトスだけを見ていた。

黒と白の剣が虚空《こくう》を引き裂《さ》き、衝突《しょうとつ》し、轟音と衝撃波を生む度に、リディアは気勢を高めていく。

それに反して、ヴァルヴァトスは自らの剣が曇っていくことを自覚していた。

しかし、そうであっても。

自力の差と、年季の違いは覆《くつがえ》しがたい。

生まれ出《い》でてより数百年。絶えず研鑽《けんさん》を積み重ねてきたヴァルヴァトスの剣は、いかに曇ろうとも至上の域にある。

無意識のうちに、彼は相手方の動きに対して、完璧《かんぺき》な動作をとっていた。

リディアは今、未知の力――白銀色の鎧の効果によるものか、身体機能が桁外れに向上している。

それに伴《ともな》って、彼女が振《ふ》るう剣の威力《いりょく》は、今まで見せたそれを遥《はる》かに上回っているのだが、しかし、素人《しろうと》剣法であるということには変わりがない。

あまりにも愚直《ぐちよく》に、真っ直《す》ぐ振るわれるその刀身を、ヴァルヴァトスは流麗《りゆうれい》な剣捌《けんさば》きで以《もつ》て受け流し——

それによって体勢が崩《くず》れたリディアへ、足払《あしばら》いを仕掛《しか》けた。

「くッ！」

避《よ》けることも、踏《ふ》ん張ることも出来なかった彼女は、地面へと転倒《てんとう》。

致命的《ちめいてき》な隙《すき》を晒《さら》すに至った。

そんなリディアに対し、ヴァルヴァトスは魔剣を大上段へと振り上げ——

(俺は、どうすればいいんだ……！)

脳裏《のうり》をよぎった迷いが、彼の行動を妨《さまた》げた。

剣を相手の頭頂部へと落とせば、それで決着が着く。

リディアは死ぬが、その代わり、自分は何も失わずに済む。

……それは果たして、正しいのか？　本当に自分がしたいことか？

自分は、そうすべきなのか？

……リヴェルグが以前、こちらに投げかけた言葉が思い出される。

ヴァルヴァトスはリディアを取り逃《のが》したのではない。あえて見逃しているのだと。

そうした疑念は、正しかった。

本気を出したなら、彼女を初見の時点で殺すことが出来た。

けれども、そうしなかった。

リディアは彼にとって、理想の自分、そのものだったから。

それを打ち砕《くだ》くことなど、ヴァルヴァトスには出来なかった。

そうした感情は、この期《ご》に及《およ》んでなお、彼の心を惑《まど》わしている。

……もし、それがなかったなら、今頃《いまごろ》勝敗は決していただろう。

だが、淀《よど》みきった思考は結局、彼の行動を大きく遅《おく》らせた。

振り下ろせば決着となるであろう剣は、終《つい》ぞ動くことはなく。

「やっぱてめぇは――――意気地がねぇなッッ！」

灼熱《しやくねつ》色の感情を放ちながら、リディアが鋭《するど》い前蹴《げ》りを放つ。

平常であれば回避《かいひ》できた一撃。だが、精神状態によるものか、ヴァルヴァトスの全身は今、鉛《なまり》のように重くなっていた。

ゆえに、直撃を貰《もら》う。

腹部を穿《うが》つような、強烈《きようれつ》な蹴りを浴びたヴァルヴァトスは、苦悶《くもん》を漏《も》らしながら後方へと強制移動。両足が地面を削《けず》り、ようやっと停止した頃、彼は大地へと血反吐《ちへど》を撒《ま》き散らした。

けれども、リディアは容赦《ようしゃ》しない。

獰猛《どうもう》に突撃《とつげき》し、躊躇《ためら》うことなく剣を振り下ろしてくる。

それをギリギリのタイミングで受け止めたヴァルヴァトスは、口元から鮮血《せんけつ》を零《こぼ》しつつ、思う。

(重い……この女の剣は、とてつもなく、重い……)

初めて対峙したときから、そうだった。

彼女の剣はあまりに重く、それに反して、自身の剣は実に軽い。

なにゆえか。

信念である。

信念が、互《たが》いの剣質を決定付けていた。

絶対的かつ、揺らぎのない信念を宿すリディアの剣は、斬り結ぶ相手に否応《いやおう》なく意思の力を感じさせるのに対し、ヴァルヴァトスのそれはただ流麗であるというだけで、なんの情念も宿ってはいない。

強《し》いて言うならば……

彼の剣から伝わる思いは、弱音だけだった。

「てめぇの強さは、腕《うで》っ節《ぶし》だけだッ！　心はまるでなっちゃいねぇッ！」

激しい猛攻《もうこう》を仕掛けるリディア。

防戦一方となるヴァルヴァトス。

その末に、鍔《つば》迫《ぜ》り合う形となった両者。

互いに二本の足で踏ん張り、手元へ力を込《こ》めて、対面の敵を睨《にら》む。

そうしながら、ヴァルヴァトスは思った。

リディアの目を見つめながら、こう思った。

（なぜ、そんなにも迷いがないのだ……！）

そして気付けば、自らの思いを言葉に変えて、相手へと放っていた。

「貴様は、怖《こわ》くないのか！　大切なものを失うのが、恐《おそ》ろしくないというのか！」

リディアは曇《くも》りなき眼差《まなざ》しを向けながら、応答する。

「怖いさ。当たり前だろ。仲間には誰一人《だれひとり》死んでほしくねぇよ」

「ならばなぜ……！　なぜ、そんなふうに真っ直ぐ歩いていられる……!?　なぜ、立ち止まらずにいられるのだ……!?」

心の動きが、剣に反映される。

次第《しだい》にヴァルヴァトスの黒剣がリディアのそれに押され始め、ゆっくりとだが確実に、趨勢《すうせい》は彼女の方へと傾《かたむ》きつつあった。

そんな中、リディアは淀みない口調で言葉を返す。

「今まで、何人死なせた？　何人殺した？　……もう数えようがねぇ。それだけ膨大な犠《ぎ》牲《せい》の上に、オレ達は立ってるんだよ。お前にだって、その自覚はあるだろ？　だからこそ、立ち止まっちゃいられねぇのさ。オレ達には——そんな資格ッ！　どこにもねぇッ！」

圧倒的な膂力が、白銀の聖剣に宿る。

ヴァルヴァトスはそれに耐《た》えることが出来ず、後方へと吹《ふ》き飛ばされた。

宙を舞う彼の華奢《きゃしゃ》な体を、リディアは追撃せんと踏み込み——

再び、剣戟《けんげき》の嵐《あらし》が巻き起こる。

そして致命の一撃を打ち合いながら、リディアは叫《さけ》んだ。

「死んでいった仲間達はッ！　オレのために命を散らしたッ！　オレが殺したようなもんだッ！　敵の命は言うまでもねぇッ！　オレがこの手で、手前勝手に奪《うば》ったッ！　それはてめぇだって同じだろうがッ！　オレもッ！　てめぇもッ！　どうしようもねぇ極悪人《ごくあくにん》だッ！　いつか獄炎《ごくえん》に身を焼かれるまで、オレ達に立ち止まる資格なんざねぇんだよッ！」

再び防戦一方となったヴァルヴァトスは、次第に気勢を萎《しぼ》ませていった。

それに呼応するかの如《ごと》く。

魔剣に、亀裂《きれつ》が入る。

「立ち止まって、何もせずにいたならッ！　志を捨てちまったならッ！　死んでいった仲間達が浮《う》かばれねぇッ！　これまで殺してきた連中の命が、無駄《むだ》になるッ！　てめぇだってそう思ってたんだろうがッ！　そう思いながら、ずっと歩き続けてきたんだろうがッ！」

反論は、出来ない。まさに、その通りだった。

死んでいった者達の命を。

手にかけた者達の命を。

無駄にしないためにも、自分達は前に進まなければならない。

そう考えていたからこそ、ヴァルヴァトスはずっと、前進を続けてきた。

そうでなければ、そもそも、第二の友を失った時点で挫《くじ》けていただろう。

仲間を失う恐怖《きょうふ》に耐えられないというのなら、そもそも彼が死んだ時点で、この道を歩むことをやめていたのではないか。

あのとき自分は、確かに覚悟《かくご》を決めていたはずだ。

これからどれだけのものを得ようとも、いずれその全《すべ》てを失うかもしれない。

だがそれでも、死んでしまった者の無念を晴らすため。

その命が無駄な犠牲でなかったことを証明するため。

前に進み続けるのだと、そう誓《ちか》ったのだ。

しかし——

それは、ヴァルヴァトス個人の誓いではなかった。

その隣《となり》にはオリヴィアが居て、彼女もまた、同じ誓いを胸に抱《いだ》いていた。

だからずっと、彼は姉貴分と共に歩いてきたのだ。

そして、そうだからこそ、彼は歩き続けることが出来た。

隣に誰かが居てくれたからこそ。自分の手を握《にぎ》ってくれていたからこそ。

だから、茨《いばら》の道を、歩き続けることが出来たのだ。

しかし今……自分の隣には、もはや誰も居ない。

かつて、この手を引いてくれたオリヴィアは、もはや自分の後ろに従う無数の人間達の一人になっていた。

彼はいつしか、独りで道を歩くことを強制されるようになり……

それが、弱さに繋《つな》がったのだ。

喪失《そうしつ》の恐怖に屈《くっ》したのは、どうしようもない孤独《こどく》が原因だった。

隣に並んでくれる者が、居なくなってしまったことが原因だった。

それを、リディアは見透《みす》かしているのだろう。

強烈な一撃をヴァルヴァトスの魔剣《まけん》に叩《たた》き込みながら、彼女は叫ぶ。

「てめぇは意気地なしだッ！　自分一人じゃなんも出来やしねぇッ！　暗闇《くらやみ》の中でビビり倒《たお》して、ちっとも前に進めやしねぇッ！」

ヴァルヴァトスの心を表すように、魔剣の表面を走る亀裂が広がっていく。

もはや彼は、相手の剣を受け止めながら、後退することしか出来なかった。

「情けねぇ奴《やつ》だッ！　こんな奴に憧《あこが》れを抱いてた自分が阿呆《あほ》らしくなるッ！　だが、それでも――――」

そのとき。

リディアの顔から荒々《あらあら》しいものが、嘘《うそ》だったかのように消え失《う》せて。

ため息交じりに、彼女は呟《つぶや》いた。

「お前はもう、オレにとっちゃ親友《ダチ》以外の何者でもねぇんだよな」

目を見開くヴァルヴァトスに、リディアは言葉を送る。

それは、彼がもっとも欲《ほっ》するもの。

前に進むための、原動力だった。

「一人じゃなんにも出来ねぇってんなら。一人じゃ怖くて歩けねぇってんなら。オレが、隣を歩いてやるよ。死ぬまで、ずっとな」

そして――

リディアの聖剣は、遂《つい》に、ヴァルヴァトスの魔剣を粉微塵《こなみじん》に打ち砕いたのだった。

闇色の刀身が粉々となり、虚空《こくう》に舞《ま》う様を見つめながら、彼は脱力《だつりょく》する。

柄《つか》から手を離《はな》し、地面へ落とすと、ヴァルヴァトスは蒼穹《そうきゅう》を見上げながら、息を吐《は》いた。

「……いつだって、そうだ。俺はいつだって、見出《みいだ》すべき答えを、単独の力で得たことがなかった」

幼少期の頃、自分が生きる意味を導き出せなかった時のように。

此度《こたび》もまた、自分がいかなる選択《せんたく》をすべきか、最後までわからなかった。

いつだって自分は迷ってばかりで。

頼《たよ》り甲斐《がい》のある者が答えを提示してくれるまで、何も出来やしない。

「弱いな、俺は。どうしようもなく、弱い」

自虐《じぎゃく》の言葉には、しかし、重苦しさなど微塵《みじん》もなかった。

むしろ、憑《つ》き物が取れたように、穏《おだ》やかな声音《こわね》だった。

そしてヴァルヴァトスは、リディアの顔へと目を向ける。

そうしながら、手にした答えを――

紡《つむ》ぎ出すという、直前。


「やっぱりこうなるかぁ」


奴の声が、響《ひび》く。

人生最大にして、最悪の宿敵。

メフィストの声が、場に響く。

次の瞬間《しゅんかん》、目前にて、リディアの全身が真横へ飛んだ。

見えない何かに殴《なぐ》り飛ばされたかのように、宙を舞う。

そして、地面に衝突《しょうとつ》した彼女を見下ろしながら。

メフィストは、幼い美貌《びぼう》に笑《え》みを宿した。

「やぁ、我が娘《むすめ》よ。君もマイ・ハニーと同様、本日も実に麗《うるわ》しいね。心の底から愛《いと》おしく思うよ」

彼のあどけない貌《かお》に宿る笑みは、本当に穏やかなもので、そこに邪《よこしま》なものなど皆無《かいむ》。

心の底から、自分の娘に愛情を抱いている。

そう理解出来るからこそ――

このバケモノのことを、場に居合わせた誰もが、おぞましい存在として捉《とら》えていた。

「相変わらず、だな……！　この、変態野郎《やろう》、が……！」

ただ一撃《いちげき》浴びただけだというのに、もはやリディアは満身創痍《まんしんそうい》だった。

それでも強烈《きょうれつ》な闘志《とうし》を目に宿す彼女に、メフィストは一層笑みを深くする。

「君に変態と言われるのは心外だな。僕達は親子だもの。まさに似たもの同士というやつさ。そうだからこそ、僕は君のことが愛おしいんだ」

我が子を慈《いつく》しむような目でリディアを見つめながら、メフィストは語る。

あまりにも狂《くる》った内容を、饒舌《じょうぜつ》に。熱意を込《こ》めながら。

「僕はこれまで、自分に我が子を愛する心なんてないと思ってた。でも、友人の一人とある日、その点について議論になってね。僕は意外と子煩悩《こぼんのう》になるんじゃないかって、そんなふうに彼は言ってきたのさ。じゃあ試《ため》してみようと思って、適当な女に種を植え付けてみた。そして君が産まれたわけだけど……いや、本当に驚《おどろ》いたよ。我が子をこんなにも愛おしく思うだなんて、あまりにも予想外だった。それに伴《ともな》って、君を産んでくれた彼女のことも、心の底から愛おしく思うようになってね。いや、本当に、生まれて初めてだったよ。異性のことを心から愛するだなんて。そうだからこそ——彼女を、誰よりも無惨《むざん》に殺したくなったんだ」

当時の記憶《きおく》を思い出したのか、メフィストはうっとりとした表情をしながら、全身を震《ふる》わせた。

それに対して、リディアもまた、体を震わせる。

その貌に、激しい憎悪《ぞうお》を宿しながら。

「殺すッ……！　殺してやるッ……！　てめぇだけは、オレの手で、必ずッ……！」

今にも襲《おそ》いかからんとする彼女へ、メフィストはヘラヘラと笑いながら、言った。

「いや、それは無理だよ。だって君は、僕の手で死ぬ運命なのだから」

言い切ってからすぐ、メフィストは自らの左腕《ひだりうで》を、目前へと挙げていく。

そのとき、リディアの首筋が凹《へこ》み、メフィストの腕の動きに合わせるかのように、全身が宙へと吊《つ》り上げられていった。

まるで見えない腕に摑《つか》まれているかのようなその光景に、誰《だれ》もが固唾《かたず》を呑《の》む。

このまま黙視《もくし》していれば、最悪の未来がやってくると、誰もが確信していた。

しかし、動けない。

メフィストが放つ、支配者としてのオーラが、弱者強者の区別なく、その全身を硬直《こうちょく》させていた。

そんな中で、天使の顔をした悪魔《あくま》は、愛おしげにリディアを見つめながら、

「最愛のハニーが、これまた最愛の我が子を殺したなら、僕はどんな気持ちになるのか。それが知りたかったのだけど、こうなってしまったら仕方がない。自分で我が子を殺したなら、僕はどう思うのか。それを知るために、自分の手を汚《よご》すことにするよ」

決して理解出来ぬ心理を表に出しながら、メフィストは笑う。

そうしながら、同時に涙《なみだ》を流し始める。

あまりにも不可解なバケモノは、笑顔のまま泣き咽《むせ》び、容赦《ようしゃ》なくリディアの首を――へし折る、という直前。

「俺の前で何者かの命を奪《うば》うことは、断じて許さぬ」

決然とした声が放たれた矢先。

掲《かか》げていたメフィストの左腕が両断され、宙を舞った。

それに伴って、リディアを掴んでいた見えない力が消失。

そして、彼女が地面に尻餅《しりもち》をついた瞬間。

ヴァルヴァトスは、再生した魔剣で以《もっ》て、主人たるメフィストの胸を貫《つらぬ》いた。

「おやおや。父と子の触《ふ》れ合いに水を差すだなんて、いけない子だね、君は」

心臓を刺《さ》され、口元から鮮血《せんけつ》を零《こぼ》しながらも、メフィストは艶然《えんぜん》と微笑《ほほえ》むのみだった。

そうしながら、彼は周りを見回し、

「有象無象《うぞうむぞう》の皆《みな》は大人しくしてくれていたというのに、君ときたら。いくらハニーでも、空気を読んでほしい瞬間ってものはあるんだよ？」

「黙《だま》れ、この狂人《きょうじん》めが」

もはや一瞬足りとて、その姿を目にしたくはなかった。

ゆえにヴァルヴァトスは魔剣へと力を流し込み――

「貴様との関係は、これにて解消だ。早急に消え去るがいい、我が宿敵よ」

そのとき、メフィストの全身が、内側から爆裂《ばくれつ》した。

バラバラの肉片《にくへん》となった彼の遺体が、天高くへと舞い上がる。

通常であれば、これで終わり。

だが、さすがは《外なる者達《アウター・ワン》》といったところか。

砕《くだ》けた頭の一部。ズタズタになった唇《くちびる》が、楽しげな声を放った。

「ははっ。いいね、やっぱり君と僕はこうでなきゃいけない。では、関係修復を記念して、置き土産《みやげ》を残して逝《ゆ》こうか」

刹那《せつな》、肉片が漆黒《しっこく》の粒子《りゅうし》となって、両軍の兵士達へと、まるで雨のように降り注いだ。

けれども、それと同時に。
「「させるかよッ！」」
ヴァルヴァトスが。
リディアが。
まったく同じタイミングで、相手方の軍勢を守るために、魔法《まほう》を発動する。
彼が形成した黄金の防壁《ぼうへき》が、彼女の仲間達を守る。
彼女が形成した白銀の防壁が、彼の仲間達を守る。
メフィストが残した黒き雨は、結局、何者の命を奪うこともなく消失したのだった。
それを見届けた後。
ヴァルヴァトスはリディアへ回復魔法をかけて、そのダメージを癒《い》やした。
彼女はそんな彼へ目をやりながら、
「やるじゃねぇか」
「お前もな」
互《たが》いに、笑い合う。
そうしながら、ヴァルヴァトスは思った。
こいつと一緒《いっしょ》なら。こいつが隣《となり》に居てくれたなら。

自分は最後の最後まで、先へと進んでいけるだろう。

もはや迷うことはなく。喪失《そうしつ》の恐怖《きょうふ》に屈《くっ》することもなく。

ただただ、真っ直《す》ぐに。

どこまでも。どこまでも。

そのように確信したからこそ。

「奴《やつ》を裏切った以上、もはやこの身に安寧《あんねい》が訪《おとず》れることはない。ゆえに……仲間が必要だ。これ以上なく信頼《しんらい》できる、そんな仲間が」

ヴァルヴァトスは、リディアの顔を見つめながら、言葉を紡ぐ。

「お前に同盟を申し込みたい。……弱い俺の手を、繋《つな》いではくれまいか?」

彼女は気持ちのいい笑顔を見せながら、頷《うなず》いた。

「ハナっからそのつもりさ。今回の喧嘩《けんか》はそのためにやったんだ。……予想外の展開もあったが、ま、結果良ければ全《すべ》て良しってとこか」

「あぁ、そうだな」

同意の言葉を口にしながら、ヴァルヴァトスはリディアへと歩み寄り——

兵士と家臣、一同に対し、自分達の関係を知らしめるべく、握手《あくしゅ》を交《か》わした。

そうした二人の姿に、皆がさまざまな反応を返す。

戸惑《とまど》う者。安堵《あんど》する者。興奮する者。

彼等の声を耳にしながら、ヴァルヴァトスはリディアへと、柔《やわ》らかく微笑んだ。

「これからよろしく頼《たの》むぞ。我が盟友よ」

これにて一件落着——

と、そのようになれば、後世に受け継《つ》がれるほどの美談となっていただろう。

しかし。

ヴァルヴァトスの言葉を受けて、リディアは顔を顰《しか》めさせながら、こう言った。

「は？　盟友？　なに言ってんだお前。オレのこたぁ、尊敬の念を込めてリディー姐《あね》さんと呼べ」

「……は？」

「もしくは、リディー兄貴でもいいぞ」

「……は？」

先程《さきほど》まで穏《おだ》やかだった両者の空気が、次第《しだい》に暗雲へと覆《おお》われていく。

そうした中、ヴァルヴァトスは口を開いた。

「なぜ、お前のことを、そのように呼ばねばならんのだ？」

「んなもん決まってんだろ。お前がオレよりも弱っちいからだよ。手を引っ張ってやんなきゃな～んも出来やしねぇ弱虫野郎が、なに対等な口利《き》いてんだ？　つ～か同盟ってのもおかしな話だよな？　今回の喧嘩で勝った側は、負けた側を吸収するって約束だったわけだし、オレがお前の軍を吸収・合併《がっぺい》すんのが筋ってもんじゃねぇの？　だからお前は、同盟主とかじゃなくて、オレの子分ってことに――――ぐへぁっ!?」

言葉の途中《とちゅう》。

ヴァルヴァトスが放った強烈なボディーブローが、リディアの鳩尾《みぞおち》に突《つ》き刺さった。

たまらず悶絶《もんぜつ》する彼女を見下ろしながら、ヴァルヴァトスは笑う。

あまりにも好戦的に、笑う。

「おや？　この程度の不意打ちさえ躱《かわ》すことが出来ないのですか？　リディー姐さん？」

「……はは。上等じゃねぇか」

そして。

「この喧嘩、最高値で買ってやるぜ、クソッタレェッ！」

「我が真の実力、貴様の身に刻み込んでくれるわッ！」

両者は、まるで子供のように、取っ組み合いの喧嘩を始めたのだった。

「なぁ～にがリディー姐さんだ！　リディー兄貴だ！　貴様なんぞ性欲《せいよく》エロ魔人で十分だわ、このド変態めが！」

「んだと、この野郎《やろう》！　変態はてめぇだっておんなじじゃねぇか！　てめぇが街でナンパした女、どいつもこいつも年増《としま》ばっかだったよなぁ!?」

「き、貴様！　なにもこんなところで言わんでもいいだろうが！」

「は～い、みんな～、聞いてくださ～い！　この子、夜な夜な街に出て、大人の色香《いろか》漂《ただよ》うお姉さんをナンパしまくってました～！　そんでそのたびにフラれまくって落ち込んでました～！　誰かこの哀《あわ》れな童貞《どうてい》に、大人のセクシーお姉さんを紹介《しょうかい》してやってくださ～い」

「ええい、黙れッ！　黙れ黙れッ！　そもそも俺はナンパなどしたくなかったのだ！　貴様が俺に酒を飲ませ、囃《はや》し立てたものだからッ！」

「そうかなぁ～!?　案外ノリノリだったんじゃねぇの!?　さもなきゃ、あんな口説き文句は出てこねぇよなぁ!?　まさか初対面の相手に向かって、貴女《あなた》のちく――」

「だぁああああまぁぁあああああああれぇぇえええええええッッッ！」

無理やりリディアの口を塞《ふさ》ぎつつ、ヘッドロックをかけるヴァルヴァトス。そうして、みっともなく喧嘩を続ける両者を見つめながら、両軍を代表する家臣達は苦笑《くしょう》する。

「リディーったら、いつまで経《た》ってもお子様なんだから」

「うむ。しかし、それが彼奴《きゃつ》の魅力《みりょく》じゃて」

リディア軍の面々が呆《あき》れたように肩《かた》を竦《すく》める一方で。

「あの女が陛下にいかなる変化をもたらすのか。善きものであれば歓迎《かんげい》するところ、ですが。もしも悪しきものを与《あた》えたのなら、そのときは」

「……なんにせよ、奴があれほど純粋《じゅんすい》に感情を発露《はつろ》させたのは久方ぶりだ。今はそれを喜ぼうではないか」

警戒心《けいかいしん》を露《あら》わにするリヴェルグと、どこか寂《さみ》しげに笑うオリヴィア。


かくして、二人は出会い、手を取り合うに至った。

後に《魔王《まおう》》と呼ばれ、万民に畏怖《いふ》されし男。

後に《勇者》と呼ばれ、万民に愛されし女。

彼等は手を繋ぎ、進むべき道を共に歩いて行く。

これはまだ、何者でもなかった二人のプレリュード。

滅《ほろ》びゆく者達の、プレリュード――

あとがき

「いいか、お前はあと三回、出来っこないと言ってもいい……。だが、三回だけだ。それ以上はない。いいな？」

「……何を。何を言っているのですか、担当様」

「実はお前に、短編を書いてもら――」

「出来っこないッ！」

「ドラマガ用の短編だ。枠《わく》は――」

「出来っこないッッ！」

「これから最低でも一年、連載《れんさい》してもら――」

「出来っこなぁあああああああああいッッッ！」

……と、このような会話を経て始まった短編連載ですが、人間為《な》せば成るもので、どうにか一年の連載を走りきることが出来ました。

本巻に収録されておりますのは、ドラゴンマガジン様にて掲載《けいさい》していただいた短編の一部と、そこに加え、書き下ろしの中編一本でございます。

こういった場では、各シナリオに対する解説を行うのが常。

どうか皆様《みなさま》、お付き合いくださいませ。

●Chapter1　魔王《まおう》救紀行　英卑逆転
普段《ふだん》とは毛色の違《ちが》うものが描《えが》きたい。そんな欲求《よっきゅう》が赴《おもむ》くままに生まれた、ダークファンタジー風味なシナリオ。

通常、アードの一人称《いちにんしょう》で進行する本作ですが、この短編では他人視点の三人称《さんにんしょう》。

内容もコメディー要素が薄《うす》く……個人的な趣味《しゅみ》を優先した作りになっております。

●Chapter2　新生魔王禄《まおうろく》　神滅ノ巻
Chapter1とは打って変わり、いつもの大魔王といった内容。

《旧《ふる》き神》に関しては、別の場所でもう少し掘《ほ》り下《さ》げたい所存。

とりあえず、一度は描いてみたいと思っていた双子《ふたご》ヒロインを出すことが出来て満足といったところでしょうか。……彼女等を可愛《かわい》く描けているかどうかは、さておいて。

●Chapter3　新生魔王録　信愛必救ノ巻

親子関係の物語。親の心子知らずとはよく言いますが、このシナリオに登場した彼女もまさにそれ。とはいえ、親も親で、もっとダイレクトに感情を伝えた方が良い場面も多いもので……。親子って難しい。そんなお話でした。

●Chapter4　新生魔王禄　情理逆転ノ巻

もうネタがない。描くべきものが見出《みいだ》せない。

あぁもう、いいや。適当に浮《う》かんだわけのわからんアイディアを放ってしまえ。

……そんなつもりで送ったプロットが、まさかのゴーサイン。

いわゆるTSモノですが、ちょっとその要素に関しては掘り下げ不足といったところでしょうか。完全に乙女《おとめ》になってしまったアード・メテオールが男らしさ全開のイリーナにアッサリ落とされる……みたいな話が、いつか描ければなぁと思っております。

●Chapter5　滅《ほろ》びゆく者達のプレリュード

書き下ろしの中編でございます。個人的に、絶対やりたいと思っていた古代世界編。その一部分とはいえ、描くことが出来て実に幸福でございました。

本編をお読みくださった方で、「いいぞもっとやれ」と思ってくださった方は、私のTwitterなどで一言くださいませ。もしかすると、読者様のお声が、第二、第三の古代編を生むやもしれません。


――さて。では、最後に謝辞を。

イラストを担当してくださっている、水野様。そして担当様。デザイナー様など、本作に携《たずさ》わってくださっている方々に最上の感謝を。

そして、この本を手に取ってくださった方には、極限以上の感謝を。

次巻にてお会いできることを祈《いの》りながら、筆を置かせていただきます。

下等妙人《かとうみょうじん》

上最強の大魔王、村人Aに転生する 異伝
村人Aの華麗なる日々
初出

魔王救紀行　英卑逆転
ドラゴンマガジン2019年1月号

新生魔王禄　神滅ノ巻
ドラゴンマガジン2019年3月号

新生魔王禄　信愛必救ノ巻
ドラゴンマガジン2019年5月号

新生魔王禄　情理逆転ノ巻
ドラゴンマガジン2019年7月号

滅びゆく者達のプレリュード
書き下ろし

富士見ファンタジア文庫

史上最強《しじょうさいきょう》の大魔王《だいまおう》、村人A《むらびとえー》に転生《てんせい》する異伝《いでん》
村人A《むらびとえー》の華麗《かれい》なる日々《ひび》

令和2年1月20日　初版発行

著者――下等妙人《かとうみようじん》

発行者――三坂泰二
発　行――株式会社KADOKAWA
〒102-8177
東京都千代田区富士見2-13-3
0570-002-301（ナビダイヤル）
印刷所――暁印刷
製本所――BBC

※定価はカバーに表示してあります。
●お問い合わせ
https://www.kadokawa.co.jp/（「お問い合わせ」へお進みください）
※内容によっては、お答えできない場合があります。
※サポートは日本国内のみとさせていただきます。
※Japanese text only

ISBN978-4-04-073435-4 C0193

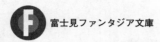

切り拓け！キミだけの王道
第33回
ファンタジア大賞
原稿募集中
キミの物語を世界に示せ――!!
〈大賞〉
300万円
〈金賞〉
50万円
〈銀賞〉
30万円
新・選考委員、決定！
細音啓「キミと僕の最後の戦場、あるいは世界が始まる聖戦」
橘公司「デート・ア・ライブ」
羊太郎「ロクでなし魔術講師と禁忌教典《アカシックレコード》」
ファンタジア文庫編集長
後期締切
2020年
2月末日
イラスト／ニノモトニノ
応募の詳細は公式サイトをチェック！
https://www.fantasiataisho.com/